身代わりで結婚したのに、御曹司にとろける愛を注がれています

m a r m a l a d e b u n k o

吉澤紗矢

マーマレード文庫

目次

身代わりで結婚したのに、御曹司にとろける愛を注がれています

一章　格差姉妹……6
二章　結婚しよう……55
三章　新婚生活……96
四章　縁談の経緯　～亘side～……142
五章　隠していた本音……179
六章　姉妹の大きな溝……214
七章　幸せな家族……268
番外編「夫婦の時間」……295

番外編「家族の夢」…… 308
あとがき…… 319

身代わりで結婚したのに、
御曹司にとろける愛を注がれています

一章　格差姉妹

六月吉日。

心配していた雨は降らず、空は雲一つなく青く澄み渡っている。

白無垢《しろむく》姿の私は、厳かな雰囲気に包まれた庭園に、そろりと足を踏み出した。

隣を歩くのは、惚れ惚れするほどに凛々《りり》しい夫。

私は美しく優秀な姉の代わりにお見合いをして、彼の結婚相手になった。

だから、本当に私でよかったのだろうかと、自問自答することが何度かあった。

今だって、まだ自信がない。

でも私を見つめる彼の目は、優しさに溢れていて……雲が流れ太陽が顔を出すように、心に燻っていた不安が晴れていく。

大丈夫。きっと幸せな未来が待っている。

始まりは身代わりだったとしても、今、私たちの間にはこんなに愛《いと》しさが溢れているのだから——。

◇◇

「春奈《はるな》、明日は遅刻しないでよ！　バスの遅延にも対応できるように、三十分早く家を出なさい」

スマホの向こうから届く姉の厳しい声が、耳を貫く。

明日の午前八時から予定されている、園芸ボランティアへの出席確認電話だ。

私はぎゅっと目を閉じながら「はい」と答えた。

完璧主義の姉は、二年前に大遅刻をしたことがある私を、今でも許さず事あるごとに責めてくる。

あのときは落雷による電車の運転見合わせという不可抗力だったのに、そんな事実は忘れてしまっているようだ。

そもそも園芸ボランティアは、姉が請け負った仕事だというのに。

いつの頃からか、私が姉の代わりになって働くことが当たり前になっている。

なぜ姉の言いなりになっているのか。

その理由は私、真貴田《まきた》春奈の少し特殊な家庭環境にある。

我が家は、両親と四歳年上の姉と、双子の弟の五人家族だ。

姉は父の前妻の娘なので、私と双子の弟とは腹違い。

腹違いの兄弟姉妹くらいなら、それほど珍しくはないだろう。

でも真貴田家には、暗黙の序列が存在するという問題がある。

それは母が、父の後妻になってすぐに始まったそうだ。

真貴田家は、家系図を広げるとずらりと国会議員が並んでいる政治家一族だ。

父、真貴田佳朗《よしろう》は衆議院六選のベテラン議員であり、政界ではそれなりの地位に就き広い人脈を持っている。

残念な点は、真貴田家からは未だに政界のトップに立つ者が出ていないこと。

親族はいつの日か真貴田総理大臣が誕生するのを夢見て、日頃から一族を盛り上げるために精力的に行動している。

特に本家の跡取りは幼い頃から厳しい教育を受け、同じ政界や財界の有力者と姻戚関係になり、発言力を高めることが求められる。

父の前妻である姉の実母は、真貴田家と同じ政治家一族の娘。才色兼備で、政治活動を陰日向《かげひなた》となって支えるできた人だった。

子供は姉しか生まれなかったものの、姉は母の優秀な遺伝子をしっかり引き継ぎ、幼い頃から賢く、そして天使のように美しい子供だったそうだ。

真貴田家の未来は明るいと、親族たちは本家に大きな期待を寄せていた。

しかし、その期待は父の再婚により砕かれた。

後妻となった女性が私の母だ。

下町の小さな食堂の娘で学歴は高卒。真貴田家の人々としては考えられないような出自の女性。

当然大反対されたそうだけれど、母に一目惚れをした父は、周囲の反対など物ともせず、強引に妻に迎えた。

母は自分が歓迎されていないことに気付いていたし、生活レベルの違いをひしひしと感じていたため、初めはプロポーズを断っていたそうだ。

でも結局父の熱意に絆《ほだ》された。

多忙な中、毎日母の食堂に通う姿を見ていたら、これほど自分を想ってくれる人は他にいない。きっと幸せになれると思ったのだろう。

けれど結婚してすぐに妊娠出産すると、親族の強い干渉が始まった。

母には子供の教育を任せられないからと言われ、反論なんてできなかった。

それはそうだ。母は料理が大好きで得意だけれど、勉強は苦手という人なのだから。

すっかり子育ての主導権を奪われた母は、自分の子供のことなのに、いつしか蚊帳の外に置かれるようになっていた。

特に姉に関しては、姉の母方の実家が何かと世話を焼き母を遠ざけたので、義理の娘になったとは思えないほど、心の距離ができてしまった。

母にとって姉は、今でも誰よりも気を遣わなくてはならないお嬢様で、接するときは傍から見ても分かるくらい神経を使っている。

そんな母を物心ついたときから間近で見ていた影響か、私も母と同じように姉に遠慮するようになっていた。

それでも幼い頃は、姉と仲良くなりたい気持ちがあった。

姉に勉強を教えてもらったり、一緒に買い物に行ったり、友人たちの家庭のように、普通の姉妹になりたかったのだ。

その願いが叶うことはなかったけれど。

容姿、頭脳、運動神経、社交性。どれもハイレベルな姉と、全てにおいて平凡な私は姉妹でありながら、住む世界が違っていた。

親族は姉を褒めたたえる裏で、私のことは、母の駄目なところばかりを継いだ無能な娘と馬鹿にした。

無能ならばせめて多忙な姉の助けになれと、気付けば姉の小間使いのような立ち位置に納まっていた。

不満に思い文句を言おうものなら、倍になって返ってくる。

おそらくこの状況は私が実家にいる限り、変わらない。

私は、姉と仲良くなることも、自分の立ち位置の改善も、すっかり諦めるようになっていた。


残暑が和らぎ始めた九月下旬。

「私に縁談？」

父の書斎に呼ばれた私は、手渡された釣書を見て目を見開いた。

「そうだ。相手は菱川《ひしかわ》物産の後継ぎだ」

告げられた言葉は、更に驚くものだった。

菱川物産と言えば、国内外に数多くの子会社を持つ総合商社で、その名前を知らない人は滅多にいない有名企業。

釣書には美しい筆跡で菱川亘《わたる》と書かれていた。

現在三十二歳。国内最高難易度と有名な国立大学卒業後に、菱川物産に入社。数年勤務した後、一時休職して海外でMBAを取得。復帰後は都市開発部門の責任者として勤務しているとのこと。

写真でも分かる端正な顔立ちに、すらりとした立ち姿はモデルみたいだ。外見も中身も驚くくらいハイスペックで、誰が見ても申し分のない縁談相手。

「でもお父さん、これは何かの間違いのような……」

私は手にしていた釣書を、そっと机の上に置き父の顔色を窺《うかが》った。

この縁談は、どう考えても不自然だ。

私は中堅私大の卒業だし、仕事は食品メーカーで一般事務と、どこまでも普通。容姿だって奥二重の目に主張しない小さめの鼻と口と特筆すべきところがない。

自分で言うのもなんだけど、あまりに釣り合いが取れていない。

「そんなことはない。お前は二十四歳だから、先方と年齢差もちょうどいいだろう」

「年齢だけよくても……」

それに八歳差って、そんなにちょうどいいのかな？　少し離れている気がするんだけれど……いや、それよりも。

「どうして多佳子《たかこ》お姉さんではないの？」

姉は、菱川亘さんと同じ大学を卒業し、現在は大手法律事務所に勤務中だ。

一年前に芸能人を弁護したときにマスコミの取材を受けたのがきっかけで、美人弁護士と話題になり、今ではテレビ出演までしている有名人でもある。

彼のような男性には、絶対に姉の方がお似合いだと思う。

年齢も四歳差と私よりは近いし、同じ大学出身なら共通の話題にだって事欠かないのだし。

けれど父は苦虫を噛み潰したような顔をした。

「多佳子には断られた。結婚を考えている相手がいるそうだ」

「えっ、本当に？」

知らなかった。姉の口から結婚の話なんて出たことがなかったから。でも考えてみたら、姉が私に恋バナをする訳がないか。

「春奈の言う通り、元々は多佳子に来た縁談だ。だがお前だって真貴田家の娘なのだから問題はない」

「さすがにそれは失礼だよ」

才色兼備の弁護士である姉を希望したのに、どこにでもいるような私が相手では、菱川さんだって、がっかりするに決まっている。

「先方には了承を得ているから心配するな。見合いは来週を予定している。畏《かしこ》まらず、楽しい時間を過ごしたいと言われているが、しっかり準備をしておくように」

「え？　でも私はまだお見合いをするとは……」

「これは決定だ。春奈にとって、これ以上ないほどの良縁なんだから言う通りにしなさい。時間がないから話はこれで終わりだ」

父はそう言い残すとさっさと部屋を出て行ってしまう。到底納得できないけれど、取りつく島がまるでない。

私は深い溜息を吐いた。

お父さんはいつもこう。強引で身勝手で、家族の話なんて聞こうとしない。

それに多忙な父は、昔から留守がちだった。

学校の行事に参加してくれたのは、政治家としてアピールが必要なときくらい。

父の優先順位は昔から変わらず一番が仕事。その次が真貴田の家で、更に下が母を含めた私たち家族。

情熱的に求婚して妻にした母のことすら、大切にできていない。

そんな父が強引に進めるからには、この縁談は真貴田家にとって大切なものなのだろう。

ということは私がいくら嫌がっても、止める訳がない。姉に拒否されている以上、他に選択肢がないのだから。

私はお見合い写真をもう一度手に取った。

「……雲の上の存在って感じだよね」

何度見ても、身近に存在しないレベルの美形だと思う。

それなのに見覚えがある気がするのが不思議だけれど、菱川物産の御曹司なら過去にメディア出演していてもおかしくないのかもしれない。弁護士の姉が頻繁にテレビに出ているくらいなのだから。

いずれにしても、この縁談は無謀でしかない。

だってこんなにハイスペックでかっこいい人には、彼女がいるに決まってる。

もし、たまたま今はいなくて、見合いを受けたのだとしても、選り取り見取りと思われる男性が私を選ぶ可能性は限りなくゼロに近い。

しかも元は姉宛ての縁談だ。妹でもいいと言われたのだとしても、絶対に比較はされるはず。

私は無意識に溜息を吐いていた。

——嫌だなあ……。

これまで、姉と比べられてがっかりされた経験が数え切れないほどある。

それでも慣れることができなくて、毎回嫌な気持ちになって……。

多分この縁談も気まずい思いをするんだろうな。

そのときのことを考えると、気分が沈むばかりだった。


翌週末。私は父と共にお見合いの場であるレストラン【グロワール】を訪れていた。

自宅がある千葉《ちば》から車で一時間程度の移動だったが、その間ずっと父の愚痴を聞かされていたので既にぐったりだ。

それでも、都内にある旧華族の邸宅を改装したクラシカルな洋館は壮麗で、目を奪われるほど素晴らしいと感じた。

アーチ形のエントランスの先には重厚な扉があり、スタッフと思われる男性が佇《たたず》んでいる。

扉に向かう途中、奥の庭園の様子が見えて私はその場で立ち止まった。

整えられた庭には、鮮やかなピンクの薔薇《ばら》が咲いている。瑞々《みずみず》しい緑との対比が美しくて、まるで別世界のようだ。

庭を少し歩いてみたかったけれど、「春奈、ぼんやりするな」と父に注意されて断念。出迎えてくれたスタッフの案内で中に入る。

ここは菱川亘さんのお母様の実家が所有するレストランだそうで、何かと融通が利くらしい。今日はお見合いの場として特別室を用意してもらっているとのこと。

一般客が食事を楽しんでいるメインフロアではなく、細い廊下を進み奥に向かう。

通された個室で、父より少し年下と思われる男女に出迎えられた。

「真貴田先生、本日はご足労いただきありがとうございます」

おそらく今日のお見合い相手である菱川亘さんの両親、菱川物産の社長夫妻だ。ふたりとも背が高く洗練された雰囲気だった。

その後ろに若い男性の姿があった。彼が菱川亘さん本人だろう。

美しいフェイスラインの小さな顔に、アーモンド形の意志の強そうな目と、高い鼻、引き締まった口が絶妙な配置で収まっている。

純日本人とは思えないほど彫りが深く、目のすぐ上にきりりとした眉がある。それがまた男らしさを感じさせ、ついじっと見つめてしまうくらいかっこいい。

写真よりも遥《はる》かに素敵だと感じるのは、堂々とした佇まいによるものだろうか。

とにかく私は彼の男ぶりに魅入られて挨拶も忘れてしまうくらいで、我に返ったのは、父の肘で小突かれたからだった。

「は、初めまして。真貴田春奈と申します。本日はよろしくお願いいたします」

慌てて菱川夫妻と亘さんに挨拶をする。

社長夫妻と亘さんに丁寧な挨拶を返された後に部屋の奥に進む。

個室はまるでスイートルームのリビングのような造りで、質がよさそうな家具が配置されている。

窓の一部はステンドグラスになっていた。柔らかな光が差し込み、室内がほんのり色づく様子はなんとも美麗だ。

「どうぞお座りください」

菱川社長に促されて、三台あるソファの一つに父と並んで腰を下ろす。菱川夫妻は私たちから見て左手のソファに座り、亘さんがひとりで正面の席に着く形だ。

テーブルの上には、お茶と軽食の準備がされており、もてなそうとしてくれている様子が窺える。

──よかった。

私は内心ほっとしていた。元は姉に来た話なだけに、もしかしたらあまり歓迎されないのではないかと不安だったのだ。

けれどその心配は杞憂《きゆう》だったようで、和やかに会話が始まる。

今日は堅苦しい席ではないというのは本当らしく、この場に緊張感は漂っていない。

家族ぐるみのお茶会みたいな雰囲気だ。

振袖ではなく、清楚《せいそ》なワンピースで来て正解だった。

「ここは素晴らしいですな。建築物としても価値が高そうですが」

早くもリラックスした様子の父が上機嫌で室内を見回した。

「ありがとうございます。真貴田先生のおっしゃる通り、元は加賀見《かがみ》子爵の邸宅でしたが、私の父が買い上げこのような形に」

菱川夫人が上品に微笑み答える。

「なるほど。どうりであちこちから気品が漂っている！」

「まあ、お褒めいただき光栄ですわ！」

「真貴田先生のお目にかなってよかったな」

菱川社長は優しく夫人を見つめる。どうやら夫婦仲は良好の様子だ。

「母はこのレストランを気に入っていて、月に一度は家族で食事に来ているんですよ」

亘さんが、仲のよい両親を横目に父に補足する。夫婦だけでなく親子関係もいいみたい。

「それはいい。素敵なご家族ですな」

父は大袈裟《おおげさ》なくらい感心したように頷《うなず》く。

自分の家庭は顧みないくせに、外ではそんな様子は一切見せない人だ。

菱川家は皆社交的なようで、初対面にもかかわらず話が途切れるようなことは一切なかった。

長年政治家をやっている父も人見知りはしないし、家庭以外ではむしろ聞き上手。

それに比べて私は愛想笑いを浮かべながら、ときどきくる質問に答えるので精一杯。

居心地の悪さを覚えながら、冷めかけたお茶を飲んでいると、不意に亘さんと視線が重なった。

どきっとして少しむせてしまう。

もしかして、ずっと私の様子を見ていたのかな？

「大丈夫ですか？」

こほこほと咳き込む私に、亘さんが気遣いの声をかけてくれる。

「はい。うるさくしてすみません」

「そんなことはありませんよ。でも水を持ってきた方がよさそうだな」

私のカップが空《から》なことに気付いた亘さんが、腰を浮かせる。

「いえ、本当にお気遣いなく……」

恐縮して引き留めていると、彼のお母様が気付き会話に入ってきた。

「亘。春奈さんに庭を案内して差し上げたら？　料理が届くまで、ふたりでのんびりしてくるといいわ」

亘さんの表情に戸惑いが浮かんだけれど、それはほんの一瞬のこと。彼は穏やかな笑みを浮かべて私に問いかける。

「春奈さん、よかったら案内しますが」

「はい、お願いします」

彼とふたりきりなんて、とても緊張してしまいそう。

とはいえ、今はお見合い中で、断るなんて許されない。

亘さんの後ろについて庭に向かう。気が利いた話題が浮かばず無言で歩く形になりかなり気まずさを感じていたけれど、庭園を彩る薔薇を間近で見ると、そんな気持ちはぱっと消えた。

「近くで見るとますます綺麗ですね！」

エントランスから見たピンクの薔薇・マチルダだけではなく、淡い黄色や、真っ赤な薔薇があちこちに咲いている。

秋薔薇の深い色味は本当に素敵だ。上品で華やか。

庭はグリーンをベースに様々な色が溢れているというのに、計算された庭づくりによって、統一感がある。

夢中になって眺めしばらくすると、すぐ後ろから声がした。

「春奈さんは、薔薇が好きなんですか？」

「あっ、はい。薔薇もですけど、植物全般が好きです」

「自宅で何か育てているんですか？」

「いえ、残念ながらガーデニングをするスペースがないもので」

実際は広い敷地の一軒家である我が家で、ガーデニングができないはずがない。

私も植物に興味を持った当初は、空《あ》いてるスペースで何か育ててみようと思い立った。

せっかくだから収穫して食べられる家庭菜園がいいかもしれないなんて、苗まで買って張り切っていたのだ。

でも庭に出て作業をしているところに姉が通りかかって、大反対されてしまった。

見栄えが悪いからという単純な理由だったけれど、そのせいで私の家庭菜園計画は頓挫した。

せっかく趣味になりそうなものを見つけたのに反対されるのは残念だったけれど、

逆らう気になれなかった。

姉の機嫌を損ねてまで我を通したとしても、頻繁に出入りする親族が同じような文句をつけてくる様子を想像してしまったから。

出鼻をくじかれたからか、すっかり意欲を失くしてしまった。

姉が納得し、親族も喜びそうな美しい花を育てる気にもならなかった。

今思うと私なりの反抗だったんだと思う。

姉や親族の望み通りに動きたくなかったのだ。

「それは残念ですね」

亘さんは私の返事に疑問は持たなかったようで、さらりと流した。

私は憂鬱な思い出を仕舞い、笑みを浮かべる。

「でもこれほど綺麗な庭は自宅では難しいですから。こうして眺められて嬉しいです」

「この庭は、母が懇意にしているガーデナーの楠木《くすのき》さんに任せているんです」

「もしかして、楠木香子《かおるこ》先生ですか？」

「ご存じなんですか？」

驚きの声を上げる私に、亘さんは意外そうな顔をする。

「はい。楠木香子先生の感性が好きで、本も何冊か持ってます……どうりでこの庭に惹かれる訳ですね」

「僕も彼女のセンスに一目置いています。好みが合うようですね」

「あ……そうですね」

優しく微笑まれて、思わずどきりとした。

好みが合うって言われただけなのに。

自分とは違う世界の人だと思っていた彼との共通点を見つけて、つい舞い上がってしまったみたいだ。

「館の裏側にも行きましょうか。ここことは趣向が違いますが、なかなか美しいですよ」

「はい、是非」

亘さんは月に一度食事に来ているだけあって詳しく、あれこれ説明してくれる。

好きな話題だからか、いつの間にか緊張感が和らぎ、自然に会話できるようになった。亘さんの口調も、いつの間にか敬語が取れている。

「亘さんは植物についての知識が豊富で驚きました」

「豊富と言えるかは分からないが、母の影響で多少は詳しくなったんだ。それと仕事の関係もあるかな」

「仕事ですか？」

菱川物産は商社だから、植物を仕入れたりしているのだろうか。

でも亘さんの働く部署は確か、都市開発部門と書いてあった気がするのだけれど。

「簡単に言うと都市づくりを行っているんだけど、街路樹や施設の周りの植栽に気を配るのも仕事の一部だ」

「あ、なんとなく分かります」

以前、姉の代役で参加した園芸ボランティアの作業中に、そのような仕事をしている人と話したことがある。

新しいマンションや施設を建設するための視察の一環で、周囲の環境の確認していると言っていたっけ。

昔から住んでいる住民の意見も重要だそうで、花壇の手入れをしていた私のことも気にしてくれた。

立場がある人が、ただの園芸ボランティアの意見を気にするなんて意外だったけれど、真剣に私の話を聞いてくれていて、少し嬉しく感じたのを覚えている。

亘さんもあの人みたいに、開発するエリアを見て回っているのかな。

「街づくりなんて素敵な仕事ですね」

「そうだね。やりがいがあるよ。春奈さんはどのような仕事を？」

「私は食品メーカーの総務部で、社会保険の手続きなどを担当しています」

「春奈さんは社労士の資格を持ってるのか」

「いえ、資格は持っていないんです。受験はしたんですけど残念ながら不合格で、次回またチャレンジしようと思っています」

「あ、そうなのか」

亘さんは一瞬気まずそうな顔をした。

私が資格を持っていて当然といった言い方をしたのは余計だったと思ったのかな。

彼はおそらく姉が知名度が高い弁護士だと知っている。

だから彼女の妹なら社労士の資格を持っていてもおかしくないと考えたのだと思う。

少なくとも受験して不合格になったと言われるなんて予想外だっただろう。

私もわざわざ正直に言う必要はなかったかもしれない。でも見栄を張って嘘をつくのは抵抗がある。

このお見合いを成功させたい父が知ったら、余計なことを言うなと怒られるかもしれないけれど。

「休日はどんな過ごし方を？」

亘さんは一見私に失望した様子はなく、話題を変えてきた。

「休みの日は……」

顔に出さないだけか、それとも本当に気にしていないのかどっちだろう。

そんなことを考えながら答えようとしたが、言葉に詰まった。

休日の私の行動と言えば、姉に頼まれた仕事をこなすか、疲れて寝ているか。とても彼に語るような内容じゃない。

「どうしましたか？」

黙り込んだ私に亘さんが怪訝《けげん》そうな顔をする。

「い、いえ、なんでもありません……ええと休日は読書や料理を」

咄嗟に出た言葉だけれど嘘ではない。

本は好きだし、母に似たのか結構料理が好きで、キッチンに立つ機会が多いから。

「春奈さんはインドア派なんですね。旅行などはしないんですか？」

「三年前に友人と温泉に行ったきりです。なかなか機会がなくて、実は海外旅行も未経験なんです。亘さんは海外留学をされていたんですよね」

釣書に記載されていた内容を思い出しながら聞いてみる。

「そうです。菱川物産の社員教育プログラムで、イギリスに留学を」

「MBAを取得されたんですよね？　すごく難しいイメージがあります」

「簡単ではありませんが、真剣に取り組めば誰でも可能だと思いますよ。要は本人のやる気です」

亘さんはとても自然にそう発言した。実際彼は真面目に勉強をして、その行為が苦ではなかったのだろう。

「でも、そうやって真剣に取り組んだり努力するのは、なかなか難しいと思います。ストイックに打ち込めるのも一つの才能じゃないですか？　何かを成し遂げられる人を私は尊敬します」

私の言葉に亘さんは戸惑いの表情になった。

「そんな風に考えたことはなかったな。努力できるのも才能か……」

「はい、そう思います。私はすぐに諦めてしまうところがあるんです。もっと根性のある人になりたいんですけどね」

「根性か……春奈さんが言うと、少し違和感があるな」

「え、そうですか？　そんなにやる気なく見えます？」

亘さんがふっと笑った。

「いや、そうじゃない。ただ春奈さんは儚《はかな》げな印象だから、根性なんて言葉が出るとは思わなかったんだ」

「……儚げですか？」

儚げ女子のイメージって、もの静かで弱々しい守ってあげたくなるような感じがあるけれど、自分では全くそんな風に思えない。

「ああ。さっきも真貴田先生ばかりが話して、春奈さんは黙っていただろう？　自己主張をしない、静かな人なのかと」

「そういう訳ではないんですけど、父の前だとどうしても無口になってしまいます。政治家だけあって、ものすごく口が達者なんです」

「なるほど。それなら実際の春奈さんはおしゃべりなのかな？」

「親しくなると、そうかもしれません」

「そうか。いつかそういった姿を見せてほしいな」

亘さんは綺麗に笑った。挨拶したときの社交的な笑顔とは違う、とても自然なもので、思わずどきりと胸が高鳴る。

同時にふと記憶をかすめるものがある。

――あれ？　このシチュエーションに覚えがある気が……。

そう疑問を持った直後に閃《ひらめ》いた。

私は以前、亘さんに会ったことがある——。


あれは確か五月上旬頃だった。

私はいつものように姉の命令で、地元のガーデンボランティアに参加していた。

父の選挙区でもある私たちが暮らす町は、東京《とうきょう》から車で一時間ほどの昔ながらの住宅街。電車からは延々と続く原っぱが眺められる、非常に長閑《のどか》な環境だ。

しかし三年前に新駅ができたのがきっかけで、地域の再開発が進められた。

新駅の前にはタワーマンションが建ち、少し離れた地域には一戸建ての住宅街が広がりつつある。

美しく洗練された新しい町には、他県から移住してきた若い夫婦や子供が増えている。

小学部から高等部までの、私立一貫高校の移転もあった。

新しい学園は広い敷地に自然を感じられる造りの素晴らしい環境だ。ただその分、植物の世話に手がかかり、園芸ボランティアを募集していた。

真貴田家は地元の議員として、そのような活動には積極的に参加するようにしているし、声をかけられる機会も多い。

特に有名弁護士である姉への依頼は、父よりも多いくらいだ。

けれど姉はそういったローカルな活動が大の苦手。好みの問題だけでなく、やり手弁護士として忙しいうえに、メディア出演などもあるからスケジュール的にも無理がある。

それなら断るか代理を送るなりすればいいのに、姉はなぜか無理をしてまで引き受ける。そして結局こなせなくて私に言うのだ。

『私のふりをして参加してきて』と。

それは言葉通り、本当に姉に見えるように変装して、仕事をしてこいという意味だ。

私と姉の容姿は、ぱっと見ではあまり似ていない。

母親違いだからそんなものだろうと思っていたけれど、意外にも私は化粧をすることで姉そっくりに化けることができる。

それは私たちの骨格に共通点が多いためだ。

身長は私が一六〇センチで、姉は一六三センチと少し違いがあるものの、肩幅や手足、首の長さなどの全体的なシルエット。卵型の顔の輪郭や凹凸、顎のラインがよく似ている。

ただ姉は二重の大きな目をしているのに対し、私は普通サイズの奥二重。唇も少し薄いという点で、印象としては華やかな姉に地味な妹といった評価になる。

でもそれは研究した念入りメイクで、似せることが可能だった。

私はメイクテクニックを磨くことを強いられた。そして姉に頼まれる度に長い時間をかけて姉に酷似した顔を作り、代理をするようになっていた。

亘さんと会ったのも、移転してきた学園の園芸ボランティアに、姉の代わりに参加したときのことだった。

学園の正門から校舎までは〝万葉の道〟と名づけられた通路がある。広い幅の道の両端の花壇には季節の花が咲き、登校してきた生徒や来園者の目を楽しませる美しい通りだ。

私は花壇の近くで膝をつき、せっせと土の手入れをしていた。

姉に押し付けられた仕事だけれど、大好きな花と触れ合うことができるこの活動だけは密かに楽しみにしていて、熱心に活動していたのだ。

軍手をつけた手で頑固な雑草を抜いていたとき、不意に足元に影が差した。

視線を地面から上げると、まずは花壇の先の完璧に磨かれた高級革靴が映り込んだ。

私はつばの大きな帽子が落ちないように押さえながら顔を上げた。そのとき私を見下ろしていたのが亘さんだった。

『すみません。少しお話を伺ってもいいですか？』

『はい、なんでしょうか？』

そんな風に、ごく普通に始まった会話だった。

突然質問されて戸惑いながらも、私なりに考えて質問に答えていった。

私の取るに足らない話を真剣に聞いてくれる彼に、好感を持った。

熱心で真面目で、明るく優しい人。

そんな印象を持ち、もう一度話してみたいと思っていた。

でもその後会う機会はなくて、いつの間にか記憶が薄れていたのだけれど……亘さんがあのときの人だったなんて。

思いがけない再会に驚き、心臓がドキドキしている。

そういえば、あのとき彼は、学園周辺の再開発地域を視察しにきたと言っていたっけ。

実際新駅の周辺の新築マンションは、緑溢れる街で暮らす日々、のようなキャッチフレーズで販売している。

私が話したことも少しは役に立ったのかな。

そんなことを考えていると、戸惑いの声が耳に届く。

「春奈さん、大丈夫ですか？」

「え？」

気付けば亘さんが心配そうな目で私を見つめていた。

「話しかけても聞こえていないみたいだから。気分が悪いですか？」

「い、いえ。すみません。ちょっとぼんやりしてしまいました」

いけない、いけない。考え込むあまり亘さんを無視してしまったみたい。

「なんでもないのならよかった」

亘さんはほっとしたように肩を撫で下ろす。

思ったよりも心配してくれたみたいだ。

ただ、私と以前会った記憶はなさそうだけど。

──まあ、無理ないよね。自己紹介した訳じゃないし。

彼にとってはたまたま目についたボランティアスタッフに質問しただけで、特別な出来事ではないのだから。

それでも少し残念だと感じてしまう。

亘さんが覚えてくれていたら、もう少し話が盛り上がったかもしれないのに。

庭を案内してもらううちに大分話しやすくなったものの、私と亘さんにはあまり共通点がないからお互いが楽しめる話題が少ないのだ。

こんなとき、多佳子お姉さんだったら亘さんを退屈させない受け答えができるんだろうけど。

そう考えたとき、ふと気が付いた。

断られると覚悟して臨んだお見合いだったのに、いつの間にか亘さんに拒否されるのが嫌だと思ってしまっている。

それは予想よりも彼との時間が楽しいと感じたからだろうか。それとも以前素敵だと思った人だから？

自分でも理由がはっきり分からないけれど、とにかく私は亘さんから断られて、これきりの関係になるのを寂しく感じている。

かと言って、亘さんが満足してくれるような会話が突然できるはずもなく、穏やかに淡々とした会話をしながら、庭の散歩を終えた。

その後は父たちが待つ部屋に戻り、グロワール自慢のとびきり美味のランチコースを堪能してお見合いを終えたのだった。

自宅に戻りひと息ついていると、あっという間に夕食の時間になった。

まだお腹が空いていないけれど、食卓に着く。

いつもは不在がちな父と姉もいて、珍しく席が全て埋まっている。

と言っても和気藹々《わきあいあい》といった雰囲気はなく、皆静かに箸を運ぶ感じだ。

しばらくすると姉が口を開いた。

「春奈は、今日お見合いだったのよね」

「あ、うん」

私は戸惑いながら相槌を打つ。

姉はお見合いについて全く触れなかったから興味がないのだと思っていたけれど、そうでもなかった？

「どうだったの？」

「亘君は今時珍しい好青年だったぞ。菱川夫妻とは挨拶程度の関係だったが、じっくり話してみるといい人たちだった。親族になるのが楽しみだな」

私が返事をするよりも先に父が口を挟んだ。父の中ではもう縁談が纏まっているみたいだ。

姉が僅かに顔をしかめる。

「お父さんじゃなくて、春奈に聞いてるの」

そう言って父を黙らせると、私にじろりと視線を移す。

「いい人そうだったよ。レストランの庭を案内してくれたんだけど、親切だったし」

「そう。上手くいきそうなの？」

「……それは分からないけど」

父の目があるので無理と断言はし辛い。

「分からないって、相手の態度で察することができないの？　春奈は本当にぼんやりしてるんだから。菱川家との縁談は真貴田家にとっても都合がいいんだから、上手くやらなくちゃ駄目じゃない」

役に立たないわね、とでも言いたいのだろうか。姉が呆れたような溜息を吐く。

そんな風に責めるくらいなら、自分がお見合いをすればよかったのに。元々多佳子お姉さんに来た話だったんだから。

自分は恋人がいるからと断ったのに、私には家のために結婚しろと口にするなんて……もやもやして、こんなときは特に姉と私は合わないのだと実感する。

姉のなんでもはっきり言える強さや、弁護士を目指して努力する姿勢など、尊敬する面が沢山あるのだけれど、人の気持ちをあまりにも蔑ろにするところは受け入れ難くて顔を背けたくなる。

黙り込む私を母が心配そうな目で見つめている。双子の弟の清春《きよはる》は我関せずを貫くつもりらしく、何事もなかったように食事中。

気まずさが漂う食卓に、父の大きな声が響く。

「多佳子、そんなにカリカリしなくて大丈夫だ。亘君は春奈を気に入ったようだし、問題ない」

私はぎょっとして父を見た。

なんて能天気なことを言うのだろう。

さっきから怖いくらい上機嫌なのは、お見合いが成功したと思っているからかもしれないけれど、楽観的すぎない？

「それならいいけど。春奈は肝心なところで抜けているから心配だわ」

姉はそう言うと、食事を再開する。

綺麗な横顔からは、不機嫌さが窺える。

……お見合いが成功した方がよかったんじゃなかったの？

私は内心首を傾げた。

姉の考えは私とは違いすぎるから、全く読めない。

それ以降、姉は黙々と箸を運び、父が話題を振ってもあまり反応せず食事を終えた。

「春奈ちょっと」

食後、二階の私室に戻る途中で、清春に呼び止められた。

「どうしたの？」

「見合いのこと、詳しく聞かせろよ」

清春は興味津々といった様子で私の腕を引っ張る。

食事の席では関心がなさそうなふりをしていたけれど、本当は気になって仕方がなかったみたいだ。

私は頷き、清春の部屋に寄り道する。といっても彼の部屋は私の隣。

間取りも同じウォークインクローゼット付きの八畳間。ただインテリアのせいで、大分違う印象になっている。私は北欧風。清春は和風といった感じに。

あまり物がないシンプルな清春の部屋のベッドに、私はぽすんと腰を下ろした。

清春は床に敷いた畳ラグマットの上に胡坐《あぐら》をかく。

「上手くいかなかった感じだよな」

清春は私を少し見上げるような体勢で、ずばり言った。

双子の私たちは仲が良く、気負わず何でも言い合える関係だ。

「失敗はしてないけど、お父さんが言ったことは嘘。全然気に入られてないと思うよ」

「やっぱりな。あの瞬間の春奈の顔すごかったよ。嘘！ って叫びそうな表情だった」

清春が、くくっと肩をゆすって笑う。

他の家族の前では、あまり感情を見せなくなった清春も、私の前だけでは素を出す。

「で、春奈的にはどうなんだよ？」

「どうって……初めから上手くいかないと思って行ったからね。亘さんはいい人だとは思ったけど」

「釣書見たけど文句なしの経歴だよな。いい人なら結婚してもいいんじゃない？」

「そんな適当な」

「だって春奈にとって都合がいいだろ？ 結婚するなら円満に家を出て、あいつから解放されるんだから」

清春が言う〝あいつ〟とは多佳子お姉さんのことだ。

彼は以前から私が都合よく使われている状況に不満を持っている。

ただその苛立ちは姉だけでなく、はっきり断らない私にも向いているようで、ときどきちくりと嫌味を言われてしまう。

「そうだけど、向こうから断ってくるよ」

「なんで分かるんだ？」

「手ごたえがあったかどうかくらいは分かるよ」

「つまり見込みがないってことだな」

清春は、なるほどと頷いた。

「そう。しばらくは今の生活が続くのを覚悟しなくちゃ……」

「春奈がガツンと拒否すればいいんだよ。怒られたって放っておけば、あいつだっていつか諦めるだろうし」

「でも私が断ったら、お母さんが嫌味を言われるでしょ？　それか清春のところに面倒な用事が回るようになるかもよ？」

さすがに、私のように身代わりになって活動するのは無理だけど。

「俺が言いなりになる訳ないじゃん」

清春が不敵に笑う。

その仕草はクールで結構決まっている。まるでどこかのアイドルみたい。

昔から何でもそつなくこなすうえに、クール系のイケメンと評判だったけれど、最近ますます磨きがかかった気がする。

双子だというのに、どうして私たちはこうも違っているのか。

姉も彼のことは一目置いている節があるし。

「清春は大丈夫だと思うけど、お母さんが心配だよ」

「春奈は本当に心配性だよな。母さんだって大人なんだから、自分でなんとかするって。あんまり過保護にするなよ」

危機感がない清春の言葉に、私はむっとして眉をひそめた。

確かに母は大人だけれど、姉の親族の嫌味はかなりきつい。私は幼い頃から母が落ち込み陰で泣いている姿を間近で見て育った。

子供心に心配で、私が母を助けてあげなくてはならないと強く思った。

対して清春は、後継ぎとしての習い事や、友人との遊びで多忙だったため、母の悲しむ姿を見たことがなく楽観的なのだ。

でも、私も心配しているだけで何もできていないから、清春に偉そうなことを言える立場じゃない。

「まあ母さんの件を抜きにしても、春奈はきっぱり断れない性格だよな。やっぱり結婚しろよ。うん、それが一番」

清春は勝手に結論を出すと、腕を組み満足そうに頷いている。

私は呆れて溜息を吐いた。

「だから今日のお見合いは無理だって。そもそも多佳子お姉さんに来たお見合いだったんだもん。それなのに私に変更になって、菱川家の人たちがどう思うかなんて想像できるでしょ？　顔には出さなかったけど、絶対がっかりしてるよ」

「がっかりは言いすぎなんじゃないか？　相変わらず自信ないのな」

「優秀な姉と弟に挟まれて、長年肩身の狭い思いをしてきたんだから仕方ないでしょ。

清春が私の立場だったらどう思うの？」

「俺だったら別に気にしないと思うけどな」

清春は一秒も迷わず断言する。

「いいなあ、その気楽な思考。双子なのにどうしてこんなに違うのかな」

清春と話すと必ず一度は浮かぶ疑問を口にする。

「似ているところもあるだろ」

「どこが？　外見も性格も似てないけど」

「それは性別が違うから。そうじゃなくて、政治家には絶対なりたくないと思ってるところ」

「あ、それは完全一致だよね。まあ私は初めから期待されてないけど、清春は後継ぎだから逃れられないんじゃない？」

彼は大学を卒業後、大手鉄鋼メーカーに就職をしたが、あと数年で退職して父の秘書になるように言われている。

国会議員秘書として勉強をして、いつか地盤を継ぎ政治家になるためにだ。

でも清春は絶対に嫌だと言っている。

父に反発しているだけでなく、純粋に職業としての魅力を感じられないそうだけれど、彼のそんな本音を知ったら父も親族も大騒ぎだろうな。

「いざとなったら家出する」

「すぐ見つかって連れ戻されるよ。お父さんなら人を使って清春を捕獲するくらい簡単にできそう」

あれでも権力は結構あるみたいだから。

「後継ぎにはあいつがなればいいんだよ。俺らと違ってやる気があるみたいだし」

「多佳子お姉さんのこと？　まさか！　弁護士として活躍しているんだし、今更政治家なんてなりたくないでしょ？　それにお父さんも親戚たちも後継ぎは男だって思ってるし」

「そんな風に時勢が読めない発言するから有権者に叩かれるんだよ。仕事なんて、性別関係なくやりたい人間がやればいいのにな」

清春がうんざりと吐き捨てる。

私も職業選択は他人に強要されるものじゃないと思う。でも姉が政治家になりたいと思っているという清春の主張には頷けない。

「ねえ、どうして多佳子お姉さんが政治家になりたがっていると思うの？」

「言動から。むしろ気付かない春奈が不思議だよ」

「そうかなあ……政治家になりたいなんて言ってるところ見たことないけど」

「あのプライドの固まりみたいな人間が、春奈に馬鹿正直に打ち明ける訳ないだろ？もっと行間を読め」

「そんなこと言われても……」

私には姉の考えなんて分からない。

なぜか、姉とは関わって来なかった清春の方が、姉を分かっているような節がある。

「まあ分からなくてもいいんじゃね？　春奈はそれより結婚について悩めよ」

「悩む相手すらいないのに？　むしろ清春の方が先に結婚するんじゃない？　どこか

のお嬢様とお見合い話があるって聞いたよ？」

「お断り。お嬢様と結婚しても上手くいく訳ないからな」

「確かにお嬢様に清春の相手は無理かもしれないけど」

箱入りの令嬢にはもっと紳士的な男性じゃないと厳しいだろう。

そう。菱川亘さんのような。

不意に彼の優しい笑顔を思い出した。

リラックスした柔らかな笑みだった。

——きっとあれが素の表情だったのだろうな。

地位も財産もあって、眉目秀麗と文句なしの人。

清春の問いにもっと正直に答えるなら、今まで出会った男性の中で一番素敵で魅力的な人だと思った。目が合うと心臓がどきっと跳ねてときめいた。

お見合い相手でもなんでもない、ただのボランティアスタッフとしての初対面のときだって、礼儀正しく気を遣ってくれていた。

多分、誰に対しても相手を尊重する人なのだろうな。

それにしても、完璧で性格までいいなんて、今後二度と知り合うことができないほどの縁談相手だ。

――でも、彼が一番に望んでいたのは姉だった。

代理の私にも優しかったけれど、それでも私は亘さんにとって二番手なのだ。

実際、彼はそこまで意識していないかもしれないけれど、私にとっては大きな問題だ。

私は結婚するなら、姉とは一切無関係の相手がいい。

絶対に比べられたくないから。私個人を見てほしい。

だから私はもし万が一亘さんからいい返事が来たとしても、素直に喜べないと思う。

「やっぱり菱川亘さんとはないな……」

少し憂鬱な気持ちになりながら答える。

「ふーん。まあ無理に結婚しろとは言わないけど、あいつの使い走りはいい加減卒業するようにしろよ」

「……努力してみる」

「どうだか」

清春は馬鹿にしたように笑う。全く信用されていないようだ。

でもそんな態度に文句を言う気にはなれなかった。

だって私自身が一番よく分かってる。

現状に不満があるのに、何もできない自分の不甲斐《ふがい》なさを。

「春奈、菱川家からよい返事が来たぞ！」

お見合いから三日後。上機嫌で帰宅した父に満面の笑みで報告された。

「うそ、本当に？」

私は思わずそんな言葉を漏らしてしまう。

「嘘な訳ないだろう。亘君は随分春奈を気に入ってくれたようで、是非話を進めたいとのことだ。これから忙しくなるぞ。奈津子《なつこ》、近いうちに菱川さんを招待するから準備しておいてくれ」

「え、ええ……」

父はもうすっかり私を嫁がせる気満々で、張り切って母に指示を出す。

気が早いと思うが、勢い付いた父は止められない。

母が心配そうに私と父を交互に見ている。

「亘君から春奈に直接連絡が入るはずだ。楽しみにしていなさい」

短気な父が菩薩《ぼさつ》のようなにこやかさでそんなことを言うが、楽しみにしろと言われても……お見合いで別れたきりの相手との電話は、喜びよりも緊張と気まずさが上回りそうだ。

だいたい亘さんだって、本心はどう思っているのか分からないのに。

「お父さん、本当に私でいいって言っていたの？」

「そう言ってるだろう？　信じられないのかもしれないが、もっと素直に喜びなさい」

父が窘《たしな》めるように言った。

マイナス発言をして喜びに水を差すなということだろう。

おそらく縁談を進めるのは、両家ともに都合がいいからだ。

菱川家の人たちはとても感じがよかったけれど、大企業の経営者がそれだけの訳がない。

合理的な面もあるはずで、今回の件だって自分たちの利益を冷静に考えた結果なのだと思う。

私には詳しいことは分からないけれど、仕事上で父との繋がりが有利に働くんじゃないかな。

黙った私に代わり、姉が口を開く。

「菱川家が縁談に乗り気なのは、経済産業省との太いパイプを得るためね。お父さんは、過去に経済産業相を務めているから」

「経済産業省？」

何もかも把握しているような口ぶりの姉は、話についていけずに戸惑う私に呆れた視線を向ける。

「菱川物産の唯一の弱点はエネルギー部門だから、今後は力を入れていきたいのよ。経産省との繋がりは必須でしょう」

姉の視線は厳しく、そんなことも知らないの？　と責められているような気分になる。

「そ、そうなんだ」

「お見合い相手の事情くらい調べておきなさい。とにかくそういった事情で、初めから断られる心配がない縁談だったってことよ」

その言葉に軽くショックを受けて父を見ると、どうやら姉の言葉が真実だったらしく黙っている。

——なんだ、いろいろ気にしていたのは私だけだったんだ。

初めから答えが出ていた縁談。亘さんは当然理解していて、だからこそ私に優しかったのだろう。

あくまでも社交辞令。

そんなことは分かっていたはずなのに気分が沈むのは、心のどこかで期待していたからかもしれない。

何のしがらみもなく私を気に入ってくれたらいいのにって。

「それでお父さん、菱川家との話は進めるのでしょう？」

姉は私の返事を待たず、父に話しかけた。

「当然だ」

「それなら家族での顔合わせがあるわよね？　私の婚約者として岡崎《おかざき》さんも同席させてほしいんだけど」

岡崎さん？　初めて聞く名前だけれど、姉が勤務する法律事務所と同じ名前だ。関係があるのだろうか。

母と清春は事情を知っているのかな。

気になり様子を窺うと、ふたりとも意外そうな表情をしていた。そのことから姉の婚約者について知っているのは父だけなのが分かる。

それにしても、お見合いを断った立場なのに婚約者と一緒に顔合わせに参加するの？

「婚約者と言っても結納を交わした訳でもないからな……」

姉には甘い父が珍しく渋い顔をしていた。

「今は結納を行わない場合も多いし、そこは気にしなくてもいいと思うわ。岡崎さんは菱川家と繋がりを持ちたいみたいなの」

「まさか、営業活動する気か？」

父が警戒したように問う。

「直接的なことは言わないけど、人脈を広げるのは大事だから」

姉は平然と答えた。

「そうは言ってもなぁ」

父が腕を組み渋い顔をする。どうやら気が進まないようだ。

それにしても、私のお見合いの話からどんどんずれていっている。

ただこの縁談は私の意志とは関係なく、様々な思惑が絡み合っているものなので、当然なのかもしれない。

すっかり蚊帳の外の私は母に目で合図をすると、清春と共にこっそり部屋を出た。

そのまま清春の部屋に行き、情報をすり合わせる。

「多佳子お姉さんの婚約者について知ってた？」

「いや初耳。でも名前からして法律事務所のオーナー親族だよな」

「やっぱりそう思うよね……職場で見初められたのかな？」

「どうだろうな。あいつは自分からガンガン行くイメージがあるけど……どちらにしても、春奈の縁談に口出ししすぎだと思った」

「うん、両家の顔合わせをするとしても、多佳子お姉さんが仕切って仕事の話になったら嫌だよ」

「まあそれは親父も渋ってたから大丈夫そうだけど。でも春奈が結婚した後も口出ししそうな雰囲気だったよな。油断するなよ」

清春に深刻そうに言われ頷いたものの、食事中の姉の様子を見ると、それは簡単ではないような気がする。

亘さんとの結婚についても、複雑な気持ちだ。

この縁談は政略的なものだから、菱川家としては姉でも私でもいいのかもしれない。

にもかかわらず、初めは姉との縁談を希望していた。

それは姉が長女だからという理由だけなのかな。

優秀な姉の経歴を目にして決めたのだとしたら、本心では私に物足りなさを感じているのではないかと心配になる。

私もこれは家と家の結婚だと割り切ってしまえば、細かいことでうじうじ悩む必要はないんだと思う。

でもどうしてもドライに考えられない。

かと言って断る気にならないのは、父の命令というだけでなく、私自身がこの縁談に乗り気な部分があるからだ。

――亘さんとなら結婚したい。

会ったのはたった二回。まともに話したのは一度だけ。

それなのに彼は私の中にくっきり印象付いていて、気が付くと、もう一度会えたらいいのにと、彼を思い出している。

――私は彼に恋をしてしまったのかな。

誰もが振り返りそうな彼に、私もまた魅了されてしまったというの？

だからこそ身代わりの結婚なんて嫌だと、もやもやした気持ちになっているのか。

自分自身の気持ちなのにはっきりしなくて、胸の騒めきがなかなか収まらなかった。

二章　結婚しよう

翌日。父の予告通り亘さんから連絡があり、仕事帰りに会う約束をした。

場所は銀座《ぎんざ》のフレンチレストラン。

私の会社の近くを選んでもらったのに、彼は私よりも先に到着していて出迎えてくれた。かなり気を遣ってくれているのが分かる。

「すみません、お待たせしてしまって」

私よりもずっと多忙な相手を待たせてしまったことで、申し訳ない気持ちになる。

「気にしないで。俺が早く着きすぎただけだから」

亘さんは今日も優しい笑顔で接してくる。

レストラン内はとても落ち着いた雰囲気で、大通りに面しているのに外の喧噪《けんそう》は聞こえてこない。

私たちはコース料理を楽しみながら、当たり障りのない会話をした。

例えば、天気の話や、今話題になっている映画のことなど、間を持たせるような内容だ。

私は緊張しているし、亘さんはこちらの反応を見ているところなのかもしれない。

まだお互いのことなんて何も分かっていないのだから、天気の話すらぎこちない。

それでも居心地が悪いとは思わなかった。

彼が醸し出す雰囲気が心地よい。なんとなく合うというのはこういうのを言うのだろうか。

食後のコーヒーが運ばれて来ると、亘さんの様子が改まったものに変化した。

ついに本題に入るのかもしれない。

居住まい正す私を見つめながら亘さんが切り出した。

「真貴田先生から聞いていると思うが、俺はこの縁談を進めたいと思ってる」

ドクンと心臓が跳ねた。

「……はい、聞いています」

「春奈さんはどう思ってる？　真貴田先生からはいい返事を貰っているが、君の意志を聞かせてほしい」

亘さんの目は真剣だ。私は緊張しながら口を開く。

「前向きに考えています。でも亘さんは本当に私が相手でいいんですか？　元は私の姉が縁談相手だったと聞きました」

亘さんの表情が変化した。私は言葉を続ける。

「この結婚が政略的なものだと分かっています。でも結婚するからには、仲がいい夫婦になりたいと思っています。それは相手に不満があったら無理だと思うので……」

「確かに当初は多佳子さんと、という話だったが、俺が好感を持ったのは実際会った君だ。もし不満があったら結婚したいなんて言わない」

迷う気配もない即答だった。

「ほ、本当に、私に好感を持ったんですか？」

驚きのあまり念を押してしまう。

「ああ。挨拶をしたときから可愛い人だと思っていたんだ。庭を散歩して話をして、一緒にいるのが心地よく感じた。別れた後に君を思い出してもう一度会いたいと思った……まだ会って間もないのにこんなことを言われても信じられないかもしれないが」

「い、いえ……信じられます」

だって私も同じように思っていたから。

彼との会話を思い出し、楽しさと、会えない寂しさを感じていた。

鼓動が高鳴り、頬に熱が集まるのを感じながら、彼の顔を見る。

亘さんは私のように赤くなっているなんてことはないけれど、どことなく落ち着きがないように見える。

もしかして照れてるのかな？

彼に限ってはなさそうだけれど、そんな風に思うほど、今の亘さんを身近に感じる。

亘さんが小さな息を吐いてから、再び私をしっかり見つめた。

「春奈さんが言った通り、俺もお互いを大切に思い合う夫婦になりたいと願っている。結婚のきっかけに拘りすぎず、関係を築いていきたい」

――ああ、そうか……。

亘さんの言葉がすとんと胸に落ちて、喜びに変わっていく。

彼が言うように、始まり方に拘る必要なんてなかったんだ。

姉の代わりだと、卑屈になる必要だってない。

だって亘さんと姉の間に、何かがあった訳じゃないのだから。

私は姉の身代わりではなく、自分のためのお見合いをした。

そして、彼との縁があったというだけのこと。

そう思っていいんだよね？

それなら私は素直な気持ちで、彼の申し出を受け入れたい。

「はい。よろしくお願いします、亘さん」

迷いから抜け出た私は、晴れ晴れした気持ちで亘さんに微笑んだ。

交際スタートをした私たちは、予定を合わせて何度かデートをした。

ぎこちなかったふたりの関係は、会う度にしっくり馴染み、それに比例するように彼への恋心が育って行った。

五回目のデートで改めてプロポーズされたときは嬉しくて、幸せを感じたのだった。


「わあ、三階なのにすごく眺めがいいね」

十一月最終週の土曜日。

私と亘さんは、結婚後の新居を決めるために、ルームツアーをしている。

菱川物産には不動産部門もあるため、亘さんがある程度絞ってくれた物件に直接足を運び決める形だ。

候補は五件。全て回ってふたりで相談して決める予定を立てているが、私は一軒目の住居の素晴らしさに感動していた。

立地は周囲の環境が良好な南麻布《みなみあざぶ》。高いところが苦手な私でも安心して暮らせる低層レジデンスだけれど、高台に建つからかあまり遮るものがなく、バルコニーからの眺めが素晴らしい。

広い敷地内には緑が溢れ、気分転換に散歩をしたら気持ちがよさそうだ。

どうしよう。まだ一軒目なのに気に入っちゃった。

亘さんの方は特に表情を変えず、冷静な目で室内を見回している。あまりお気に召さなかったのかな？

「春奈、ひと通り見てみようか」

亘さんは私の視線に気付くと、微笑んでそう言った。

プロポーズの後、彼は私の名前を呼び捨てるようになった。些細なことだけれど、婚約者らしくなったようで嬉しい。

身近に感じるからか、私も彼に対しての遠慮が少なくなってきた。

それからスキンシップも確実に増えた。

今だって亘さんは躊躇《ためら》いなく、私の肩を抱き寄せる。

不動産会社の社員の前だから少し恥ずかしいけれど、婚約者だったらこれくらい普通なのかな？

ただ、これまでまともな交際経験がない私にとっては、結構刺激的でドキドキする。

「まずは玄関だ」

亘さんに促され、広い玄関に戻る。そこから長い廊下を南側に進むと光溢れるリビングに繋がり、大きな掃き出し窓の向こうには緑と空色が広がっている。

ここはさっき私が感動した光景だ。

「南側だけあって日当たりがいいな」

亘さんが言う通り、光が燦燦《さんさん》と降り注ぐリビングで、ここで過ごしたら明るい気持ちになれそうだ。

窓と反対側に対面式のシステムキッチン。設備は最新で充実している。

「キッチンとリビングで三十畳ほどです。システムキッチンはグレードアップ可能ですし、クロスやフローリングの内装についても変更可能です」

今日案内をしてくれている菱川物産の男性社員の方が、控え目な口調で教えてくれた。

「あとで選択可能な内装のリストを見せてくれ」

「はい」

亘さんが男性社員と会話をしている間に、私はキッチンを詳しく確認する。

食洗器に十分な大きさのオーブン、私の実家にはないディスポーザーも備えられている。収納も十分すぎるスペースが取られている。

グレードアップの必要なんてない気がするけれど。

フローリングは今のダークブラウンよりも、もう少し明るい色の方がいいかもしれない。

リビングを一旦出て廊下に戻り個室がある東側へ。大きな主寝室とそれより小さめの個室がふたつ続いている。

ふたりで暮らすには十分な広さ。バスルームと二か所のトイレも綺麗で完璧だ。

この部屋で新婚生活が始まると思うと、期待が高まりドキドキする。

そんな私の様子がおかしかったのか、亘さんがくすりと笑った。

「気に入ったみたいだな。ここに決めようか」

「え、でもここ以外の候補を見てから考えた方がいいんじゃないかな。亘さんは他の部屋の方が気に入るかもしれないから」

新居は、ふたりの意見をすり合わせて決めようと話し合っている。しかも私は仕事を辞めて専業主婦になるから通勤はないし、家賃を払っていくのも亘さん。

どちらかというと彼の意見を優先した方がいいような気がする。少なくとも父に知られたら我が儘を言うなと文句を言われかねない状況だ。

「俺の意見は参考程度でいいんだ。春奈の方が家にいる時間が長くなるだろうし、家事もメインでやってくれるんだろう？」

「うん、家事はもちろん私がやるつもりだけど」

そのために自分の意志で専業主婦を選択したのだから。

「だったら春奈が居心地がいいと感じる部屋を選ぼう。ここはバルコニーが広くてガーデニングもできそうだな」

確かにリビングに繋がるバルコニーは奥行が広く、ウッドパネルを敷き詰めて、アウトドアリビングみたいにも使える造りだ。

小さなテーブルと椅子を二脚並べて、休みの日には夫婦で日向ぼっこをしながらハーブティーを飲んだら癒やされそう。

むくむくと幸せな想像が湧き上がる。

まだ決まった訳じゃないのに、ここが私の家だと、そんな風に感じるのだ。

私の気持ちはすっかり固まっていたけれど、せっかく事前準備してくれた亘さんと社員の方に申し訳ないので、その後全ての物件を見学した。

けれどやはり更に気に入る物件はなく、一軒目の物件に新居は決定したのだった。

「春奈が気に入った部屋があってよかったな。来週は家具を見に行こうか」

ルームツアーの後に寄ったイタリアンレストランで、亘さんが言った。

「うん。部屋の使いかたも考えておかないとね」

「そうだな。春奈は寝室は一緒でも大丈夫か？」

「えっ！　う、うん、大丈夫だよ」

亘さんがさらりと発した質問に、私は心臓がドクンと乱れるほど動揺してしまった。

この手の話題はどうしても夫婦生活を連想するから。

「部屋数に余裕があるから、それぞれ個室を持ってもいいが」

私の反応から躊躇いに気付いたのだろうか。亘さんが気を遣ってくれる。

相変わらず察しがいい。でも、そこは気付かないふりをしてほしかったかも。

「あの……私は一緒でいいと思うけど、亘さんが落ち着かないなら別々でも大丈夫」

本音は夫婦なのに個室は寂しく感じる。でも一緒に寝たいと言い切ることもできない。

恥ずかしいと言うより、経験のない私が積極的に一緒に寝ようというのも、おかしな気がして。

実際上手くできる気がしないし。

——亘さんは、経験値高そうだよね。

彼に過去の恋愛話を聞いたことはないけれど、きっと豊富なんだろうな。

これほどハイスペックな男性に相手がいなかった訳ないもの。

でもそれはあくまで私の勝手な想像だ。

亘さんとの交際は順調で、最短で結婚に突き進んでいるところだけれど、まだキスすらしていないため、実際のところは何も分からない。

「いや、俺は同室希望だ。考え方が合うのは嬉しいな」

「そ、そうだね」

なんだか照れる。お見合いをしたときは、亘さんと夫婦になれるなんて思ってもいなかった。でも今は彼以外とは考えられない。

——亘さんがお見合い相手で本当によかった。

楽しい食事を終えると午後八時を過ぎていた。

遅い時間とは言えないけれど、私の自宅までは電車と徒歩合わせて一時間以上かかるため、そろそろ帰った方がいいだろうと亘さんが言い出した。

この辺かなり気を遣ってくれているのは、父の目を気にしてるのもあるのだろうか。

名残惜しいけれど、我が儘を言って亘さんの評価を下げる訳にはいかないから、私は大人しく同意する。

「送るよ」

亘さんが優しく言う。

「ありがとう」

てっきり駅まで送ってくれるのかと思いお礼を言ったのだけれど、亘さんは駅とは反対方向に足を向ける。

「あれ、どこに行くの？」

「車を取りに行く」

「え……もしかして家まで送ってくれるの？」

わざわざ一時間もかけて？

「あの、ひとりで帰れるから大丈夫だよ。亘さんは明日の朝は早いって言ってたでしょ？　帰ってゆっくり休んで」

そう言って立ち止まると、亘さんにそっと手を掴まれた。

「真貴田先生に、ふたりで会った後は必ず家まで送り届けると約束しているんだ。無責任なことはできない。送らせてくれ」

「お父さんと？」

いつの間にそんな約束をしていたのだろうか。

でもそういう話なら、頑なに遠慮する方が亘さんの負担になりそうだ。

分かったと答えようとしたとき、亘さんがくすっと笑いながら言う。

「というのは建前で、本当はもっと春奈と一緒にいたいんだ」

「えっ？　あ……私も亘さんと一緒にいたい」

亘さんは、突然照れるようなことを言うから困ってしまう。

口ごもりながら答えると、亘さんは満足そうな顔をして私の手を引き歩き始める。

「車はどこに停めてあるの？」

「自宅の駐車場だよ」

「あ、そういえば亘さんの部屋はこの近くだったよね」

亘さんは田園調布《でんえんちょうふ》にある実家を出てマンションでひとり暮らしをしている。住所は聞いているものの、まだ彼の部屋に入ったことはない。

「すぐそこだ」

亘さんの住まいは、先ほどから視界に入っていた駅前のタワーマンションだった。

駐車場は地下にあるらしい。

綺麗に磨かれた白い高級外車が彼の愛車。

以前自宅まで車で迎えに来てもらったので、広い駐車場でもすぐに見つけることができた。以前も思ったけれど品があって堂々としたデザインが彼のイメージにぴったりだ。

車内は余計なものは一切置いておらず、極めてシンプル。

「道路混雑はないようだから、十時には家に着くと思う」

「電車より早いんだ。車があると便利だなあ」

亘さんの言っていた通り、道路は空いていてスムーズに流れていく。

落ち着いてハンドルを切る横顔が、すごく素敵だ。

「そういえば春奈は運転免許ないんだよな？」

「うん。大学生の頃に通うつもりだったんだけど取り損ねて。仕事しながらもなかなか難しくて」

なくても特に困らないから、つい後回しになっちゃうんだよね。

「確かに結構時間がかかるからな。それなら結婚して少し落ち着いてから通ったらいいんじゃないか？」

「あ、そうだね。でも私に都内の道路を運転できるかな？　車も人も地元に比べて多いから難しそう」

「すぐに慣れるから大丈夫だと思うが……心配なのか？」

ちょうど赤信号で停車したため、亘さんの目が私に向く。

「うん、要領いい方じゃないから。でも頑張るね」

「ああ。その意気だ」

亘さんが力強く励ましてくれる。少し前に気付いたのだけれど、彼は決して私を否定しない。

『春奈には無理でしょう』『お前は余計なことをするな』父と姉からそんな風に言われて育った私にとって、それはとても新鮮で嬉しいこと。

自然と笑顔になったからか、亘さんの顔にも笑みが浮かんだ。

車は高速に入り、順調にスピードを上げていく。

予定より早く家に着きそうで、少し寂しい気持ちになる。

――もう少し亘さんと過ごしたかったな。

そう思ったタイミングで、彼の声がした。

「少しだけ寄り道して行こうか」

「え……う、うん！」

まるで私の心を覗いたようなタイミングに驚きながらも、嬉しさが込み上げる。

亘さんはあるサービスエリアで車を停めた。

一般的なサービスエリアとは少し違い、レストランが入った建物やトイレまで日本の古い街並みをイメージしたような和を感じさせる造りになっていて驚いた。

「サービスエリアなのに凝ってるね。雰囲気があって素敵」

提灯《ちょうちん》に火が灯っているような、ぼんやりと辺りを照らす照明が古い時代に紛れ込んだような錯覚を起こさせる。

「少し歩いてみるのもいいかと思ったんだが、春奈はここは初めてか？」

亘さんは意外に感じているようだった。

確かに私の実家と都内を結ぶ高速だから、立ち寄ったことがあっても不思議はない。

「都内まではあまり車で移動しないし、稀に父の車に乗ることはあるけど、途中で休憩はしないから」

「春奈の家からだと都内まで一時間もかからないからな」

亘さんは納得したようで頷いた。

カフェでコーヒーを買い、カップを片手に辺りを散策する。

夜になるともう風が冷たいけれど、ふたり寄り添っていると寒さを感じない。

恋人がいるってこういうことなんだと、心まで温かくなるような幸福感に満たされる。

「寒くないか？」

「うん、大丈夫。夜の散歩って楽しいね」

亘さんが一緒だからなんだけど。亘さんは私を優しく見つめる。

「でもひとりでウロウロするのはなしだぞ？　約束してくれ」

「心配してくれてるの？」

「当たり前だ……一緒に住まない限りこの心配は続きそうだ」

「ふふ……亘さんって過保護なんだね」

大切にしてくれているのが伝わってくる。少し照れて言うと亘さんも柔らかく笑った。

「春奈限定だけどな」

「私って、そんなに頼りない？」

「いや、俺がただ春奈に夢中なだけだ」

亘さんの端正な顔が近付き、私はぎゅっと目を閉じた。

そっと唇が触れて、すぐに離れていく。

軽いキスは、大人の恋人同士とは言えないかもしれないけれど、私にとっては大切なファーストキス。

きっと顔は真っ赤だし、挙動不審になってしまっているだろう。

そんな私を、亘さんはとても優しい目で見つめてそっと抱き寄せる。

「春奈が大切だ。心から好きだよ」

耳元に届いた声はあまりに甘くて私を幸せにするものだ。私はクラクラしながら彼にぎゅっと抱き着いたのだった。


無事新居が決まり、内装の変更などの打ち合わせも完了した。

一月には入居できるそうだが、実際引っ越しをする日時は未定。

私たちの結婚式は六月の大安吉日に予定されている。

場所は都内の歴史ある神社。本来予約は一年以上先まで埋まっているけれど、父たちがしっかり吉日を抑えていた。

その他、招待客も料理のグレードも父と亘さんの両親の意向で決まっていく。

あくまで菱川家と真貴田家の縁組といった形だからだ。

それでも花嫁衣装は、私が選べることになった。

結構嬉しくて、仕事を終えて帰宅した後はうきうきしながら、何を着ようか考える日が続いている。

資料請求していたカタログが届いたので、リビングのテーブルに並べ眺めていると、母と清春がやって来た。

「おっ、ドレス選びか？」

「うん。いろいろなデザインがあるから悩んじゃう」

しっかり自分に似合うものを選んで、亘さんに少しは綺麗だと思ってほしいから。

「神前式だから和装でしょう？」

母が横からカタログを覗き込む。

「そうなの。だから式は白無垢に綿帽子にして、その後、ドレスに着替えて披露宴がいいと思うんだけど」

「角隠しじゃなくて？」

「私はあまり似合わないと思うから。それに綿帽子の方が選べるヘアスタイルが幅広いみたい」

「本当だ。ドレスにも似合いそうでお色直しのとき楽そうね。お母さんの時代にはこんなのなかったわ」

母が驚いたように言う。

「母さんはウエディングドレスだったよな。自分で選んだのか？」

清春の質問に、母が嬉しそうに目を細める。

「もちろん。ずっと憧れていた綺麗なティアラと長いベールをつけてね。お色直しは赤いドレスだったわ。お父さんは二度目の結婚だったから、結婚式はこぢんまりしたものだったのよ。でもその分私の自由にさせてくれて、感謝したわ。今思うとあの頃のお父さんが一番優しかったわね」

「感謝するほどのことしてないのに、結婚後が駄目すぎるから評価が高くなるのか」

清春が呆れ顔で呟きながら、カタログを捲る。

「春奈も母さんみたいに、派手なドレスにしたらいいんじゃないか？」

「うーん。赤はかっこいいけど、私には似合わないと思う」

「似合うかはあまり気にしないで好きなのを着た方が後悔しないんじゃないか？一生に一回のことなんだから。幸い亘さんは何を着ても似合いそうだから、考慮しなくていいんだし」

亘さんに対して、私が考えていたことと同じような評価をした清春は、カタログを閉じてもう一冊に手を伸ばそうとした。

ところが何かに気付いたようにぴたりと動きを止める。

「どうしたの？」

「エンジンの音がする。誰か来たのか？」

「お父さんも多佳子さんも、今日は帰らないと言ってたけど」

母が顔を曇らせる。

真貴田家は都内にマンションを所有している。

父は国会の会期中はそちらで過ごすことが多い。姉も仕事が忙しいときなどは帰宅せずにマンションに泊まっているようだ。

今日も帰宅しないと聞いていたから、リビングを散らかしてカタログ鑑賞をしていたのだけれど。

カタンと玄関が開く音が微かに聞こえた。

母が様子を見るためか部屋を出て行く。しばらくするとガヤガヤと騒がしくなり数人の足音と共にリビングの扉が開いた。

「何時だと思ってるんだよ」

清春が小声で呟き、溜息を吐く。

リビングに入ってきたのは姉と父方の叔母夫婦。彼らの後ろから気まずそうな表情をした母が付いてくる。

伯父夫婦は姉と仲が良く、事前連絡なくやって来る。しかも母と私に対してきつい態度ばかり取るので厄介だ。

「あら、清春君もいるなんて珍しいわね」

叔母は後継ぎである清春に対しては優しい。普段吊り上がり気味の目じりを下げて、声をかける。

「こんばんは」

対して清春はかなり素っ気ない。

私がそんな態度を取ったら、くどくど嫌味を言われそう。でも清春は何も言われない。不公平だけれど、真貴田家ではこれが普通だ。

「今日は春奈に話があってね」

清春に対して優しかった目が、私に向いた途端不機嫌丸出しになる。

あからさまな態度に幼い頃は傷ついていたものの、もう慣れているのであまり心に響かない。でも同じような態度を母にしているのを見ると可哀そうで辛くなる。

だから私は叔母が嫌いだ。母を守らない父にも苛立ってしまう。

とはいえ、そんな気持ちのまま言い合いをしたら、ますます拗れていくだろう。

私は結婚で家を出るからいいとしても、母はずっとこの家にいるのだから、穏便に済まさなくちゃ。

「話ってなんですか？」

不快感を隠して答える。するとなぜか姉が口を挟んできた。

「春奈の結婚のことよ」

私の結婚？　また細かいことまで文句を言われるのだろうか。

「まさか春奈が菱川家に嫁ぐとはね。真貴田家の恥にならないように気を引き締めなさいよ」

「はい」

わざわざそんなことを言いにきたのかと呆れるけれど、大人しく返事をするのが話を早く切り上げるコツだと長年の経験で分かっている。

「多佳子さんが辞退したから結婚できるってことを忘れず、調子に乗らないように」

その言葉は私にだけでなく、母に対するものでもあるようだった。

本当に、いちいち嫌味だから嫌になる。

私も母も調子に乗ってなんていないし、お見合いの経緯だってちゃんと分かっているのに。

込み上げる不満を抑え、冷静にと自分に言い聞かせていると、叔母がテーブルの上のカタログに気が付いた。

「あら、衣装を選んでいたの？」

「はい」

なんだかすごく嫌な予感。

「どれ、私が選んであげるわ」

目に付かないところに隠しておけばよかった。大失敗だ。

「叔母さん、これは参考に見ていただけ。衣装は菱川さんの希望を聞いて選ぶから」

清春がそう言い、叔母の手からカタログを回収する。

「あら、それなら仕方ないわね。向こうの機嫌を損ねたら大変だもの」

随分あっさり退いたことに驚いているうちに、叔母夫妻はソファに座り込んだ。

私に調子に乗らないようにと釘を刺して満足したのか、用は終わったとばかりに寛《くつろ》ぎ始めた。

「あの叔母さん、話はもう終わりですか？」

黙って部屋を出たら後々文句を言われそうなので、念のためお伺いを立てる。

「ええ。多佳子さんと話があるから、あなたはもういいわ」

叔母はさっさと部屋を出て行けといわんばかりに、ひらひら手を振る。

私はカタログを胸に抱いて、リビングを出た。

母と清春も後に続く。

「私はお茶を用意するから、ふたりは部屋に戻りなさい」

「お母さん、大丈夫？」

「お茶を出したらすぐに引っ込むから大丈夫。あの人たちもお母さんに話を聞かれたくないだろうし引き留められないでしょう」

母を気にしながらも私たちは清春の部屋に向かった。

「母さんは大人しすぎるから舐められるんだよ」

清春は不満そうに眉をひそめる。

「春奈のことも馬鹿にしてさ。なんで毎回言われっぱなしになってるんだよ」

「仕方ないでしょ。うちの親族ってみんな気が強いし、口数が多いし。言い返すより黙った方が楽だと思っちゃうんだよ」

「そうやって諦めるから、いつまで経っても変わらないんじゃないか？」

今日の清春はいつになく苛立っている。

「でも私が結婚したら嫌でも変化するでしょ？　嫌味を言われるのがお母さんひとりになると思うと心配。清春がフォローしてあげてね」

清春が一瞬顔を曇らせる。けれどすぐに何事もなかったように頷いた。

「分かってる。だから春奈は自分の心配をしろよ。さっき言われたこと、本当は気にしてるんだろ?」

さすがに双子。よく分かっている。

「多佳子お姉さんのスペア扱いされるのって本当に嫌だ。それなのに代わりになれて喜びなさいって雰囲気だったでしょう?」

亘さんは特に姉を意識していないのが救いだけれど、周りの人に身代わりだって言われ続けたら、どうしても気持ちが沈む。

「そもそも春奈が劣っているって前提自体おかしいんだよな」

「いや、それは事実だと思うけど」

「それは学力とか経済力を比べてだろ? そこは確かに春奈の完敗だけど、あいつより春奈の方が優れてるところは沢山ある」

「え……そんなのあるかな?」

思いがけない言葉に、私は驚愕する。清春は自信満々で頷いた。

「ある。春奈の方が料理の腕が上だし、庭の手入れも得意だ。近所付き合いも上手いよな。子供の世話も得意だし。うじうじしているところはあるけど、話しやすくて優しさがある」

「……すごく生活感がある長所だね」

姉の華やかな経歴と比べると、あまりにささやか。

それでも清春が一生懸命になって、私の沈んだ心を盛り上げようとしてくれているのが伝わってきて温かい気持ちになった。

「ありがとう、元気になった」

「それならよかったけど、今言ったのはお世辞じゃないからな。亘さんだって春奈のそういった長所をしっかり見てくれてると思う」

「うん、そうだといいな」

少なくとも亘さんは私を馬鹿にしたりしない。

いつも尊重して、対等に扱っていてくれる。

私がつい卑屈な発言をしたときは、よくないと注意された。

今も清春にうじうじしていると言われたけれど、傍から見た私は言いたいことなんて何も言えず、不満を抱えた人に映っているのかもしれない。

それは見ていて気分のよいものではないよね。

大切な人たちを嫌な気持ちにさせたくない。少しずつ変わっていかなくちゃ。

「結婚してこの家を出たら、うじうじしているところを直せるかな」

自分の言った言葉を意識した発言だと気付いたのか、清春がちょっと気まずそうな表情になる。

「直せる。春奈の性格は環境の影響が大きいと思うから。何かと抑えつけて注文ばかりつける人間と離れたら、きっと変わるよ」

「うん……」

結婚は私にとってこの家からの脱出も意味する。

亘さんと夫婦になって、いつか憂鬱だった日々のことなど忘れて、幸せになれたらいいのに。

いいえ、必ずなるんだと断言しよう。

私は自分にもっと自信を持たなくては。

そして亘さんに相応しい妻になりたい。心からそう願った。

瞬く間に時は流れ、六月大安、挙式の日。

私は散々悩んで選んだ白無垢姿。亘さんは菱川家の家門があしらわれた羽織袴姿で、予想していた通り惚れ惚れするほど素敵だった。

すらりとした長身だから普段見慣れない和装も完璧に着こなしている。

見惚れていると、私の姿を眺めていた亘さんが囁いた。

「すごく綺麗だ」

いつになく感情が籠もったその声は、彼の言葉が本心であると表しているようで、くすぐったい気持ちになる。

「ありがとう。亘さんも本当にかっこいい」

こんなに素敵な人と私が結婚するなんて、お見合いをする前は思ってもいなかった。

参進の儀式の時間になり、私と亘さんは誘導に従い境内を歩き本殿に向かう。後ろには両家の家族が続いているはずだ。

空は澄み渡り、微かな風が境内の樹々をさわさわと撫でる。

この一歩一歩が夫婦になるための儀式なのだと思うと、とても神聖なもののように感じる。

神前での儀式は滞りなく進み、私と亘さんは夫婦になる誓いの言葉を口にする。

――これで、本当に亘さんの妻になったんだ……。

周りからは相変わらず干渉されているし、心無い言葉を投げられることもある。

この先も問題は起きるかもしれないけれど、今は不安よりもとにかく嬉しくて、私は喜びを噛み締めていた。

伝統と神聖さを感じた挙式とは違い、両家の関係者を大勢招待した披露宴は、盛大で華やかだった。

私は淡いイエローのオフショルダードレス。亘さんはタキシードへと衣装替えを済ませ、大勢の前に立つ。

緊張のあまり足が震えそうだったけれど、亘さんは堂々としていて、私のフォローをしつつ招待客への気配りも忘れず、ここでも完璧だった。

歓談の時間になると、私もようやく慣れてきて、お祝いに来てくれた友人たちと楽しく話すことができた。

招待客の中には各界の著名人がいて、それぞれ交流を図っている。

メディアへの露出が多い芸能人には挨拶をしたがる人が後を絶たないようだ。私の姉もその中のひとり。知り合いでもいたのか、私の視界に入るテーブルに来たと思ったら、周りを人に囲まれている。多分、姉と話すチャンスを窺っていた人たちだ。

姉は面倒がることなく、挨拶を受け外用の美しい笑顔を見せる。

きっとこの披露宴で姉のファンが増えただろう。

「どうした？」

私がじっと同じ方を見ていたからだろうか。亘さんがこそっと耳打ちした。

「多佳子さんを見ていたのか？」

彼は私の視線を追い、気付いたようだ。

「そ、そうなの。周りに人がいっぱいいるなと思って」

「……俺の同僚もいるみたいだな」

「同僚？」

菱川物産の同じ部署で働く人かな？　全員は呼べないから親しい人だけ招待すると言っていたけれど。

「あいつら飲んでるのか？　悪酔いするなって言ってあったのに」

亘さんは浮かない表情で言う。同僚の方がかなりはしゃいでいるようだから呆れているのかな。

「楽しそうにしてるけど、悪酔いしているようには見えないよ。多佳子お姉さんなら、人と話すことに慣れているから大丈夫」

「慣れているのか？」

「弁護士だし、父の代わりに会合に参加もしているみたいだから」

「ああ、そうだな」

亘さんは何かを思い出したように相槌を打つ。
そんな彼の態度に少しの違和感を持った。
まるで姉のことをよく知っているような、態度に見えたのだ。
——まさかね、亘さんと姉は家族の顔合わせのときに一度会ったきりだし。
「亘君、春奈さん、結婚おめでとう」
思考は雛段にやってきた、招待客の声で中断した。
亘さんのご両親より少し年下の男性だけれど、親族紹介のときはいなかったから、
私は彼が誰なのか分からない。
彼に限らず、招待客の多くは私と直接関係がない人ばかり。
それは亘さんにとっても同様で、彼は外向けの表情で受け答えをしている。
私も気持ちを切り替えて、会話に加わる。
私たちの結婚の意味と、どれだけ注目をされているのかを思い出したのだ。
姉のことを気にしている場合じゃない。
私は次々とやってくる招待客の祝福を受け、お礼を返す。
亘さんの妻として初めての仕事だった。

「お疲れさま」

私たちは、披露宴を終え招待客を見送った後、ホテルのスイートルームに移動した。

亘さんの仕事の関係で、新婚旅行はお預けになった代わりに、今夜はふたりきりでゆっくり過ごすことになっている。

「春奈、大丈夫か？」

婚礼衣装からスーツに着替えた亘さんが、ソファでひと息ついていた私に、気遣いの声をかけてくれた。

「うん、大丈夫」

亘さんが隣に座り、私の顔を覗き込んだ。

「疲れた顔をしているな。食事は部屋に届けてもらおうか？」

今夜はホテル内のレストランでフレンチのディナーコースを予約している。

とてもラグジュアリーで、特別な日に相応しい店だ。

「大丈夫。予約したのは個室だからゆっくりできそうだし、前から楽しみにしていたレストランだから、行きたいな」

「分かった。でも無理はするなよ」

亘さんはとても優しい。決して自分の考えを押し付けたりせず、いつも私の意思を尊重してくれてる。

これまであまり自分の意見が通らない環境にいた私にとって、それはとても新鮮で嬉しいこと。

「亘さんと結婚できてよかった。ありがとう」

感謝を込めて伝えると、彼は戸惑いの表情になった。

「突然、どうしたんだ？」

「いつも優しくしてくれるから、お礼を言いたくなったの」

「なんだ、そんなことか」

亘さんが柔らかく目を細める。

「妻に優しくするなんて当たり前のことだろ？」

「当たり前？……ああ、亘さんのご両親はとても仲が良いものね」

きっと妻に優しくする父親の姿を見慣れているのだろう。

それに比べて、私は母が大切にされているところを見た覚えがない。

父が母に熱烈なアプローチをしていたという話だって人伝《ひとづて》に聞いたものだし、今一つピンと来ないのだ。

だから、夫が妻に優しくするのが当たり前という感覚はなかった。

むしろ、外では優しくうちでは厳しくが、私が持つ世間の夫のイメージだ。

「確かにうちの親は仲がいいな」

亘さんが私の言葉に納得した様子で頷いた。

「初めて会ったときから、仲が良いご両親で素敵だなって。家族が仲良くて羨ましい」

彼は何か言いかけたものの、口を閉ざした。もしかしたら、私の家族について何か聞こうとしたのかな。

でも私の様子を見て、口にしない方がいいと思ったのかもしれない。亘さんは察しがいいから。

振り返ると、交際期間中も彼は私の家族について、必要以上に聞こうとはしなかった。

――親戚になるのだから、気にならないはずがないのに。

亘さんは真貴田家内での私の立ち位置に気付いてるのかな？

「……まあ、いろいろな家族の形があるからな。正解というのもないし」

亘さんはそれだけ言うと、まるで慰めるように頭を撫でてくれる。

「俺たち夫婦の歴史は今日から始まるんだ。ふたりでよく話し合って、居心地がいい家庭にしよう」

「はい」

――亘さんと私の家庭。

幸せになれるかはふたり次第ということだ。

なんだか希望が溢れているような気がして、明るい気持ちになった。

ホテル内のラグジュアリーなフレンチレストランで、華やかな東京の摩天楼を眺めながらのディナーを楽しんだ。

部屋に戻り順番にシャワーを浴びてから、亘さんの提案でソファに並んで座り、ワインを味わう。

きっと緊張している私を気遣ってくれているのだと思う。

でも私の心臓はさっきからドクンドクンとうるさく脈を打ち、落ち着かない。

身に着けているのがバスローブ一枚というのも、身が固くなる原因だ。

結婚式を挙げた今日、私と亘さんは初めて体を重ねる。

もちろん分かっていたことだし、決して嫌ではないのだけれど、意識せずにはいられなくて、新婚夫婦のロマンチックな雰囲気に浸るどころか、私の体ががちがちに固まってしまっている。

だって、どう振る舞えばいいのか分からないのだもの。

お酒を飲んでも緊張感が勝ってしまって、全然酔えない。

そんな私の様子に亘さんが気付かない訳がない。

絶対に困ってしまっているだろう。

早く何か気が利いた言葉を言わなくちゃ。結婚初日で気まずくなってどうするの？

「……春奈」

「は、はい」

勢いよく返事をした私に、亘さんが少し困ったような顔をする。

「そんなに緊張しなくて大丈夫だ。取って食う訳じゃないんだから」

「わ、分かってるんだけど、初めてだから緊張しちゃって……ごめんなさい、めんどくさいよね」

「面倒だなんて思う訳がないだろ？　むしろ嬉しいと思ってる」

「嬉しい？」

怪訝な気持ちで亘さんの顔を見る。彼は優しい目で私を見つめていた。

「今まで春奈に触れた男がいないってことだから。過去も未来も春奈を抱くのは俺だけだ。好きな女の唯一になれるんだ。喜ぶに決まってるだろ？」

彼の言葉に私はとても驚いていた。

だって、亘さんが私に対して独占欲を持っているように聞こえたから。

「信じられない。だって私なんて……」

「言葉で信じられないなら、態度で示そうか」

亘さんはそう言いながら、私の頬に手を伸ばす。

思わずびくっと震えてしまった私を宥めるように、優しく触れられた。

「亘さん……」

彼の端正な顔が近付き、唇が重なり合う。

「んっ……」

キスは初めてではないけれど、今夜はいつもと少し違っていた。

柔らかなキスがだんだんと深く激しくなり、何も考えられなくなっていく。

何度も角度を変えながら、唇を塞がれ、亘さんの舌が私の口内を蹂躙《じゅうりん》する。

息苦しさと体の熱で、私は息も絶え絶えだ。

固く瞑っていた目をうっすら開く。亘さんが、熱を孕んだ目で私を見つめていた。

ドクンと心臓が跳ねる。

亘さんが私の体を一旦離したと思ったら、軽々横抱きにした。

「あっ！」

そのまま寝室に足を進める。
長身の亘さんの歩幅は広く、あっという間にベッドの上に降ろされていた。
ぎしっと音を立てて、亘さんが覆いかぶさって来る。
私を見下ろす彼は男の色気に溢れている。
私は声を出すのも忘れて、妖艶《ようえん》な彼に見惚れていた。
不安と期待がせめぎ合い、胸が張り裂けそう。
亘さんはソファでの続きとでも言うように、私を組み敷いたままキスをした。
同時に身に着けていたバスローブを器用に取り払う。
肌を覆うものがなくなり、亘さんに肌を晒した状態だ。
——恥ずかしい！
羞恥心で気が遠くなってしまいそう。
「春奈、大丈夫か？」
亘さんの落ち着いた声がする。
「う、うん。でも恥ずかしくて」
彫刻のように完璧なスタイルの亘さんに比べて、貧弱な自分の体が嫌になる。
もっとスタイルがよかったら、彼に綺麗だって言ってもらえたかもしれないのに。

亘さんは動揺する私に、優しく微笑んだ。

「恥ずかしがる姿が可愛いな」

「可愛くなんて……」

「可愛いよ。だから隠さず見せて」

亘さんは胸を隠していた私の手をそっと掴み、シーツに縫い付ける。

大きさに自信がない胸が、亘さんに見られている。

「……綺麗だ」

亘さんがそう囁きながら、私の胸元にキスを落とした。

「んっ」

亘さんの唇が胸元だけでなく、首筋や鎖骨をなぞる。

時折きつく吸い上げられて、甘い痛みが体を走った。

その後も体中を彼の手と唇で愛撫される。

じわじわと快感が込み上げ、気付けば甘い声を上げていた。

亘さんも、熱を持て余したような苦し気な表情を浮かべている。

「春奈の白い肌が俺の痕で染まったな」

すっかり潤った体を亘さんの大きな手が這う。

彼は言葉ではなく態度で気持ちを伝えると言ったけれど、情熱的な愛撫だけでなく、いくつもの言葉で酔わせてくれた。

恐れや不安など忘れてしまうほどに。

「愛してる」

私の中に入る前に、亘さんがはっきり言った。

真摯な声と眼差しは、その言葉が彼の本心だと信じるに値するものだ。

「私も亘さんを愛してます」

勇気を出して伝えると、亘さんはとても幸せそうに微笑み、私を抱きしめた。

「この先俺が抱くのは春奈だけだ。誰よりも大切に守ると約束する」

「亘さん……」

そんな嬉しいことを言ってくれるなんて。

こんな風に私を選んで愛してくれる人と出会えるなんて、思ってもいなかった。

涙が自然と溢れ、頬を伝っていく。

その夜、私は亘さんに初めてを捧げて、本当の夫婦になったのだ。

三章　新婚生活

結婚して二カ月が経った。

亘さんは多忙で、結婚式の翌々日から出勤し、連日遅い帰宅が続いていた。

新婚旅行どころか、近場でデートをする暇すらないほどだった。

そんな中でも彼は常に私を気遣ってくれていたし、愛情表現も欠かさない。

可能な限り夫婦の時間を作ろうとしているのが見て取れる。

夫婦生活も頻繁で、そのときの彼は日頃の疲労なんて感じさせないほど、情熱的に私を抱いた。

おかげで寂しさを感じることはなかった。

私は亘さんが不在の間、内祝いの手配をしたり、お礼状を書くなど用事を片付けながら、家事をこなす日々を送っていた。

生活ががらりと変化するのはやはり大変で、亘さんだけでなく、私も結構忙しい毎日を送ったのだった。

「お義父様、お義母様、ご無沙汰しており申し訳ありません」

「そんな気にしなくていいのよ。結婚してすぐに落ち着かなくて当然だもの。さ、中に入って頂戴」

八月最終週の金曜日。

亘さんがようやく纏まった休みが取れたため、私たち夫婦は亘さんの両親が暮らす菱川本家を訪れていた。

特に用事があった訳ではないけれど、結婚式の後はいろいろと立て込んでいて不義理をしていたので、顔を見せにきた。明日は私の実家、真貴田家を訪問する予定。

事前に連絡していたからか、義両親が大歓迎してくれた。

通された広い和室の中央には、黒檀《こくたん》の大きな座卓が配され、その上にご馳走がずらりと並んでいる。

それだけでも予想外だったが、入り口近くの席に、大分前に実家を出て独立した、お義姉様までいたから驚いた。

お義姉様は薫《かおる》さんと言って、亘さんの二歳年上の三十四歳。私よりちょうど十歳年上の大人の女性だ。菱川物産には就職せずに自分でエステサロンを起業して成功しているキャリアウーマン。仕事に集中したいからと独身を貫いているらしい。

亘さんとの姉弟仲はごく普通らしいが、私は結婚式当日を合わせてもまだ三回しか顔を合わせていないので、少し人見知りしてしまっている。

「あれ、姉さんもいるのか」

亘さんもお義姉様が来るとは知らなかったようだ。

「ふたりが来るって聞いたから。春奈さんとはまだゆっくり話せていなかったでしょう？」

お義姉様はそう言いながら私に目を向けた。

亘さんには結構素っ気ない感じなのに、私にはとても優しい表情でにこりと微笑む。

「せっかく義理の姉妹になったのだから、仲良くしましょうね」

「は、はい。よろしくお願いします、お義姉様」

緊張しながら頭を下げると、お義姉様に笑われてしまった。

「薫って呼んでね。私、お義姉様なんて柄じゃないのよ」

「え、でも」

それは失礼じゃないのかな。

戸惑っていると亘さんが助け船を出してくれる。

「春奈。気を遣わなくていい。姉らしくないと言うのは本当なんだ」

「……そうなの？」

「ああ、昔から姉と言うより上司って感じだ。こき使われてきたよ」

亘さんが昔を思い出すかのように、しみじみとした口調で言う。

お義父様とお義母様も思いあたることがあるのか、うんうんと頷いていた。

「仕方ないじゃない。亘って昔からやたらと大きくて可愛い弟って感じがしないんだもの」

「可愛気がない弟で悪かった」

亘さんが諦めたように肩をすくめる。

「でも春奈ちゃんは別よ。私ずっと可愛い妹が欲しかったの。仲良くしましょうね」

「は、はい。ありがとうございます……薫さん。すごく嬉しいです」

「ふふ、困ったことがあったら相談してね」

薫さんは亘さんと顔の作りが似ていて、一見近付き難いクール系美人だ。

でも、笑顔がとびきり優しくて、本当に頼れるお姉さんといった親しみを感じた。

血が繋がっているはずの多佳子お姉さんよりもずっと、私に対して関心を持って、仲良くなろうとしてくれているのが伝わって来る。

——本当に嬉しいな。

義両親も優しく温かくて、私を家族として受け入れてくれている。

亘さんと結婚して、菱川家の一員になることができてよかった。

和気藹々と談笑しながら食事をして、私はお暇《いとま》するのが残念に感じるくらい、義実家でのひとときを楽しんだのだった。


翌日は私の実家真貴田家へ。

「亘君、いらっしゃい」

「お帰りなさい」

父と母が嬉しそうに出迎えてくれた。

久々の実家に、懐かしさが込み上げる。

居間には菱川家と同様に、普段よりも豪華な食事を用意してくれていた。

「あれ、清春は？」

今日私が帰るのを伝えると、楽しみにしてると言ってたのに、どこにも姿が見えない。

母が困ったように眉を下げた。

「最近やたらと忙しいみたいで、今日も急に呼び出されたのよ。会社勤めは大変ね」

「あ、そうなんだ。何か失敗しちゃったのかな？」

清春に関してはそれほど心配していないけれど。

でも双子の弟ですって、亘さんにちゃんと紹介したかったから残念だ。

「亘さん、清春とはまた今度、会う機会を作るね」

「ああ。楽しみにしてる。でも清春君の会社は同業他社と合併が進んでいるから、落ち着いてからの方がよさそうだ」

「合併？　清春の会社、大丈夫なのかな？」

確か業界トップの大企業だったはずだけど。

「海外企業との競合に勝てるよう、鉄鋼業界は全体的に再編が進んでるんだ。前向きに考えて大丈夫だよ」

亘さんは微笑んでそう言い、私を安心させてくれる。

「亘さん、こちらにどうぞ」

母が亘さんを父の隣の正面の席に案内する。私はその隣に。

「せっかく顔を出してくれたのに長女と長男が不在で申し訳ない。ふたりとも多忙でな。今度東京で席を設けるから亘君には是非来てほしい」

「お気遣いありがとうございます。春奈と参加させてもらいます」

多分父は私を誘ったつもりはないだろうが、亘さんの返事に訂正することはしなかった。

政治家だけあり空気は読むようだ。

それからは食事をしながら、政治や仕事の話が続く。

母と私は黙々と食事をしながら、ふたりの会話に耳を傾ける。

政治経済の話に関心がないと言うより、口出しすると父が嫌そうな顔をするからだ。

古い考え方の父は、女子供に仕事の話はしたがらない。

家族での食事でも、仕事絡みは清春にばかり意見を求めていたっけ。

「長男にはそろそろ仕事を辞めて、うちの事務所に入り秘書として修行させたいんですがね。いつものらりくらりと曖昧にしようとするんですよ。全く最近の若い者は楽な方ばかり選ぼうとする」

いつの間にか話題が清春の愚痴になっていた。

私が結婚して家を出てから、父の清春に対する干渉が増したようだ。

――清春も大変だな。

彼は決して楽な方を選ぼうとしている訳じゃないのに。

ただ政治家が自分のやりたい仕事ではないだけだ。

でもこの場で私が庇うような発言をしたら、父が機嫌を損ねるのは間違いない。亘さんのいる場で揉め事を起こす訳にはいかないから、このもやもやは飲み込まないと。

けれど亘さんが意外な発言をした。

「清春君は、政治家を目指したいと言っているのですか？」

父はその疑問に驚いたようで、ぱちぱち目を瞬いている。

「いや……それは当然でしょう。真貴田家の長男なのですから」

戸惑っているのは、父が清春に対して希望を聞いたことがないからだ。

今言った通り、うちに生まれた以上は、政治家になるのが当然だと思い込んでいる。父は親族の反対を押し切って庶民の母と結婚したけれど、基本的な価値観は真貴田家の人間なのだと思う。

「そうですか……」

亘さんは何か思うところがあったような表情だが、父に反論するようなことはなかった。

「そういえば長女の多佳子が、亘君に婚約者を紹介したいと言ってるんだ。食事会に同席させても問題ないかね？」

父の言葉に、心臓がドクンと跳ねた。

微妙になった空気を変えようと出した話題なのは分かるけれど、私にとって姉の話題は避けたいものだ。

特に亘さんがいるところでは姉の話はしてほしくない。

彼と結婚したのは私だし、大切にしてもらっていると実感しているけれど、どうしてもこれまでのことが脳裏を過り、暗い気持ちになってしまうのだ。

亘さんは特に何も感じていないようで、平然と父の話を聞いているけれど。

「はい。私は問題ありません。春奈は……」

「あ……私は大丈夫」

さすがに気が進まないとは言えない。父は鷹揚《おうよう》に頷いた。

「ちょうどいい機会だから、春奈もしっかり挨拶しなさい」

「はい」

ちょっと気が重いけれど、思ったよりも亘さんが姉に関心がなさそうなのは安心した。

それから一時間ほど談笑してから、亘さんと共に実家を辞した。

両家への挨拶を済ませ、残りの休日はふたりでのんびり過ごした。

近場だけれど、亘さんの運転でドライブしたり、映画を見に行ったり、新しくできたショッピングセンターで買い物など、それまでできなかったデートを楽しんだ。

休みの最終日には、亘さんとお見合いをしたレストラン、グロワールを訪れた。

美味しい食事を味わってから、美しい薔薇の庭園をふたりで散歩していると、本当に幸せで、彼への想いが募っていく。

「春奈、写真を撮るからそこに立って」

亘さんが私を薔薇のアーチの前に立たせて、カメラを構える。

彼は写真が趣味のようで、沢山の風景を写真に収めていく。

ふと気付くと、彼のカメラが私に向いている。

「あー、またぼんやりしてるとこ、撮られた！」

きっと油断しきった締まりのない顔をしているはず。

「撮る前に教えてくれたらいいのに」

私がちょっと膨れて言うと、亘さんが小さく笑う。

「自然な表情がいいんだよ」

「でもぼけっと口を開けてたかも」

「大丈夫。春奈は何をしていても可愛いから」

「亘さん揶揄《からか》ってるでしょ？」

むっと眉をひそめると、亘さんが楽しそうに目を細める。

「本心だって。綺麗な景色に目を輝かせている春奈は本当に綺麗だから」

「……いいように言われすぎると信憑性がなくなるんだよ」

私に綺麗だなんて言ってくれるのは亘さんくらいだから、お世辞か贔屓目だと分かってる。

それなのに結構嬉しくなってそわそわしてしまうのは、褒められることに慣れていないからだ。

亘さんは私が内心喜んでいることに気付いているのか、再びカメラを向けてきた。

「ほら、機嫌直してこっち向いて」

「機嫌が悪い訳じゃないけど」

私は亘さんに体を向ける。すらりとした長身の彼がカメラを構える姿は、すごくかっこよくて様になっていて、むしろ私がスマホを取り出して撮りたいくらいだ。

「春奈、笑って」

「……笑ってるけど、目を瞑っちゃいそう」

撮る前に教えてくれと言ったのは自分なのに、いざカメラを向けられると、顔が強張ってしまい、上手く笑えない。

私が写真写りに自信がないのは、自然な笑顔になれないせいかもしれない。

ということは、知らない間に撮って自然な表情を記録してくれる亘さんのやり方は、私にとって正しいのかも。

「亘さんのことも撮りたいな」

彼の高級カメラを借りるのはちょっと緊張するけれど、せっかく来たのだから思い出に残したい。

亘さんにレクチャーを受けて、一枚パシャリ。

レンズ越しでも美しい亘さんの姿と背後に広がる鮮やかな庭園。

楽しかった今日の思い出の一部を切り取ったようで、嬉しくなった。

夫婦になって初めてゆっくり過ごした休日。

亘さんも大切な思い出にしようとして、私を沢山撮ってくれたのかな。

帰宅してから写真を確認すると、本当に幸せそうに笑う私が何枚も映っていた。

亘さんの夏季休暇が終わり、九月に突入した。

彼は仕事に行き、私は家事や用事をこなす毎日。

結婚してそろそろ三カ月になり、生活リズムが整ってきた。

特別なことがない日は、朝の八時に亘さんを見送り、九時過ぎまで掃除と洗濯。

その後は買い物に出て、帰宅後ひとりランチと、実家にいた頃には考えられないくらいゆったりと過ごしている。

「お帰りなさい」

亘さんが午後八時過ぎに帰宅した。玄関で出迎える私に、彼は嬉しそうな笑顔になる。

「ただいま、春奈」

「先にシャワーでしょ？」

「ああ」

「出るまでにご飯の用意しておくね」

「ありがとう」

こういう会話をしていると、夫婦なんだなって実感する。

亘さんがバスルームに向かい私はキッチンに。

あらかた作り終えた料理の仕上げをする。

今日のメニューは、五目炊き込みご飯と、鮭のホイル焼き、他はお味噌汁や副菜が二品ほど。私なりに栄養バランスを考えて作ってはいる。

亘さんは、シャワーと着替えとヘアドライを三十分くらいで済ますから、ちょうどよい時間になるようにトースターに入れたホイル焼きを加熱する。

思った通りの時間にまだちょっと濡れた髪をした亘さんが、ダイニングにやって来た。ヘアセットしていないと、雰囲気が変わって年齢よりも若く見えて、ちょっと可愛い。亘さんはあまり喜ばないので、言わないけれど。

亘さんはダイニングテーブルに並ぶ料理を見ると、笑顔になった。

「今日も美味そうだ。毎日ありがとう」

「亘さんも毎日お仕事ありがとう」

亘さんは些細なことでも感謝を口にしてくれる。その気遣いが嬉しくて、私も同じようにありがとうと言うのを忘れないよう心掛けている。

夫婦になると言葉がなくても分かり合えるという人もいるけれど、私たちはまだ言葉が必要だし、この先もこういった思い遣りは大切にしていきたいなと思っている。

「この炊き込みご飯最高だな」

「本当？　沢山あるからお代わりしてね」

心を込めて作った料理を喜んで食べてもらうのは幸せだ。

美味しいと言ってくれると、もっと頑張ろうとやる気が出る。

私は褒められて伸びるタイプだと、結婚してから気が付いた。

「亘さん、今日も忙しかったみたいだね。ちゃんとお昼ご飯食べられた？」

彼は忙しいと休憩なしで働くこともあるそうなので、妻としては心配だ。

「ああ。今日はランチミーティングだったからな。春奈は何をしてたんだ？　変わったことはなかったか？」

「私はいつも通り。あ、でも薫さんから電話を貰ったの。盛り上がって三十分くらい話しちゃった」

「すっかり仲良しだな」

亘さんが優しい表情になる。私と薫さんの関係が上手くいっていることに、ほっとしているみたい。

「薫さんのサロンに招待してもらったの。近いうちに行ってこようかと思って」

彼女が経営しているエステサロンは、ラグジュアリーさと高品質が売りで、料金がかなり高いものの常に予約でいっぱいの人気店だ。

顧客には女優や、経営者など世間への露出が多い人たちが多く、私では場違いではないか不安があるが、薫さんが気にせず来るようにと気さくに誘ってくれた。

「もしかして無理やり誘われてないよな？」

亘さんが少し心配そうに言う。あいつは強引だから、と小声で呟いているところを見ると、私が断りきれずにいると思っているのかもしれない。

「無理やりなんてことないよ。私これまでエステに行ったことがなかったんだけど、ブライダルエステで興味が出て、しっかりした施術を受けてみたいと思ったんだ」

「そうか。それならよかった」

「うん。薫さんのサロンで、少しは綺麗になれるといいな」

「春奈は今でも十分綺麗だろ？」

「そう言ってくれるのは亘さんだけだよ」

初めはお世辞だと思っていたけれど、最近本気で言ってるのだと感じるようになってきた。

亘さんは私にだけ、判断が甘くなるのだと思う。

それでも大好きな夫に綺麗と言われるのは嬉しくて、私はいちいち浮かれてしまう。

食後の後片付けの後は、亘さんが淹れてくれたコーヒーでひと休み。

私がシャワーを浴びて、寝る準備をしてから寝室に行く。

部屋の灯りを落とすと、亘さんに抱きしめられた。

私も彼の広い背中に腕を回す。

キスを交わし、ベッドになだれ込んだ。

室内は薄暗いけれど、私を組み敷く亘さんの目に欲情が宿っているのはよく分かる。

もう何度も体を重ねているけれど、この瞬間に感じる胸の高鳴りがなくなることはない。

「亘さん……」

朝からずっと働いて疲れているはずなのに、彼は頻繁に私を抱く。

寝不足にならないか心配だけれど、「春奈を抱くと元気が出る」なんて言われてしまったら、断れない。私が彼を本当に癒やせるならこんなに嬉しいことはない。

けれどそんな想いも、体中に巡る熱で曖昧になっていく。

亘さんが私の中に入ってくる頃には、もう何も考えられなくて、ひたすら求め合うだけだった。

濃密な夜を過ごして体に怠さが残っていたけれど、朝はやって来る。

アラームを止めてベッドから出て、まずはシャワーをさっと浴びる。

朝食の準備を進めていると亘さんも起きて出社準備を始める。

ダイニングテーブルに朝食を並べ終えてそう時間を置かずに亘さんがやって来た。

今朝のメニューは、バタートーストとベーコンエッグとコンソメスープ、それからフルーツサラダ。

夕食と違ってゆっくりはできないから、会話は大抵今日の予定を報告し合うくらいしかできない。

「今日は静岡《しずおか》に出張なんだ。帰宅時間が読めなくて遅くなるから夕食は要らない。春奈は先に寝ててな」

今日は寝不足だろうからと付け加える亘さんは、朝なのにやけに色っぽい。

私が昨夜のことを連想してしまうからかもしれないけれど。

「静岡……結構遠いのに、日帰り出張なんだ」

向こうで一泊できないのかな。新幹線を使ってもなかなかのハードスケジュールだから、体調が心配になる。

「スケジュール的には一泊してもよかったんだけど、春奈が家にいると思うと帰りたくなるんだよな」

「え……それなら起きて待ってるよ」

私は亘さんの言葉に、ときめきを覚えながら言う。

彼が私と少しでも一緒にいようとしてくれているのだと実感して嬉しかったのだ。

「いや無理しないで休んでくれ」

「でもせっかく帰って来てくれるんだから、少しだけでも話したいし」

「話は朝食のときにしよう。俺も春奈の寝顔を見て癒やされたらすぐに休むから」

「そんなことを言われたらますます寝られない」

寝ているときの自分がどんな顔をしているかは分からないけれど、油断して間抜けな顔をしているに決まっている。

それを亘さんに見られるなんて恥ずかしい。

「夫婦なんだからいいだろ？　春奈だって俺の寝顔を見てるじゃないか」

「そうだけど、亘さんは美形だから寝顔もかっこいいんだもの」

「春奈の寝顔も可愛いよ。夫の特権なんだから許してくれ」

亘さんに甘く微笑まれてしまうと、それ以上何も言えなくなった。

朝食後は私は片付けをし、亘さんは出勤準備。

我が家はほとんどテレビを見ないのだけれど、朝のこの時間だけはニュース番組を流して、ながら視聴をしている。

気になるフレーズが耳に届くと注視するといった感じだ。

テーブルを拭きながらアナウンサーの声をなんとなく聞いたときだった。

『本日は、弁護士の真貴田多佳子先生に解説していただきます』

思いがけない内容が耳に届き、私は掃除の手を止めた。リビングのテレビに目を遣ると、ニュース番組の報道スタジオに姉の姿が。

メインキャスターの隣に優雅に座り、きりりと美しい顔をカメラに向けている。

華やかな色合いのブラウスを着ているせいか、弁護士というよりは女優のような印象だ。

スタジオ内の話題は、SNSでの誹謗中傷に関する法的責任についてで、キャスターが投げた疑問に姉が答えていた。

落ち着いた表情で冷静に語る姿は知的で、彼女が優秀な弁護士であると伺える。

「多佳子さんか？」

亘さんも私同様に気付いたようでテレビを眺め、意外そうな表情をしていた。

「そうみたい。名前が聞こえてきたから驚いちゃった」

姉がときどきマスコミから取材を受けているのは知っていたけれど、朝の報道番組にまで出演しているとは。

『真貴田先生には毎週火曜日にレギュラー出演していただき、法的な解説をしていただくことになりました』

『よろしくお願いいたします』

アナウンサーの報告に、姉が微笑みながら軽く頭を下げる。

「毎週出演するんだ」

「本業が多忙な中、精力的な活動だな。尊敬するよ」

思わず漏れた私の呟きに、亘さんがスーツの上着を羽織りながら答えた。

「そ、そうだね……」

きっと私の家族を褒めてくれたのだろうけれど、私は素直に喜べなかった。

亘さんの関心が、姉に向いてしまったら。

彼がそんなつもりで発言した訳ではないと分かっているけれど、どうしても不安になってしまう。

「春奈、どうかしたのか？」

いつの間にか、険しい表情をしていたのか、亘さんが心配そうにこちらを見ていた。

「あ、なんでもないよ」

笑って誤魔化すと、亘さんはほっとした表情になる。

「少し疲れているのかもしれないな。俺はもう出るけど、春奈は無理せずゆっくりするんだぞ？」

「うん、ありがとう」

私は亘さんを笑顔で見送ると、テレビを消した。

彼は優しい。頼りになって、いつも気遣って、私を愛してくれている。

それなのに、私が彼の気持ちを疑うような考えを持ってどうするの？

いつまでも姉に対して卑屈になっていないで、自信を持とうと決めたじゃない。

「考えるのやめ」

うじうじするのもなしだ。

私は気持ちを切り替え、家事を再開したのだった。


翌々日の木曜日。

私は朝の家事を終えてすぐに家を出て、薫さんのサロンにお邪魔している。自由《じゆう》が丘《おか》にある彼女のサロンは完全紹介制で、有名なセレブも通っているのだとか。

細部まで綿密にデザインされた内装の、ラグジュアリーな店内は特別感に溢れており、薫さんから招待されていなければ気後れしていたと思う。

受付でキョロキョロしていると、薫さんがやって来た。

「春奈ちゃん、お待たせしてごめんね」

「薫さん、今日はよろしくお願いします」

「ええ、任せて」

今日は初回と言うことで、カウンセリングとフェイシャルマッサージを施術してもらうことになった。

薫さんはサロンのオーナーであると同時に、とても人気があるエステシャンで、通常は予約を取るのも一苦労なんだそうだ。

その実力はエステ慣れしていない私でも分かるほど。

マッサージとトリートメントが終わると、私の顔は明らかにすっきりしていて、肌はもちもちと弾力を持っていた。

血色がよくなったからだろうか。いつもより断然顔色がいい。

「薫さん、ありがとうございます。すごく綺麗になった気がします」

「気のせいじゃなくて、実際綺麗になってるのよ。春奈ちゃん、時間が大丈夫なら、温かいお茶を淹れるから少しおしゃべりしましょうか」

「はい、是非」

施術室から出てオーナー用の部屋に向かう。

お洒落なカップで出てきたお茶はすっきりした味わいで、とても美味しかった。

肌のお手入れの仕方や、流行のメイクなど、美容業界に身を置いている薫さんが持つ最新の情報を教えてもらい、とてもためになる時間を過ごしあっという間に三十分以上が過ぎていた。

まだまだ話したいけれど、あまり仕事の邪魔をしてはいけないし、そろそろ帰った方がいいかもしれない。そう思ったときだった。

「亘とは上手くいってる？」

私はお暇すると言いかけた言葉を飲み込んだ。

「はい、亘さんは仕事が忙しい中でも、家庭を大切にしてくれています」

「それならよかった。あの子に繊細な女心なんて分かる訳ないから、春奈ちゃんが困ってることがないか心配だったのよ」

「気にしてくださってありがとうございます。でも亘さんはとても思い遣りがあって、私を気遣ってくれていると感じます」

少し調子が悪いなって程度でもすぐに気付いて声をかけてくれたり、口にしなくても、私が欲しいものを見抜いていたり。よく見てくれているんだって感じることが多い。

「それはきっと春奈ちゃんに対してだけね」

「そうなんですか？」

「ええ。亘は鈍感という訳ではないけど、興味がないことに時間は使わないから、女性に冷たいって思われがちなのよ」

「亘さんが冷たいなんて想像できないです」

真剣に言った私に、薫さんが微笑む。

「春奈ちゃんには見せないんでしょうね。この前実家に会ったときにも思ったけど、亘は春奈ちゃんに惚れきってるわ」

「え……そうでしょうか」

私は熱を持った頬を、両手で押さえる。

その様子を見た薫さんが、くすっと笑った。

「あら、その様子だと自覚がありそうね」

「いえ、まさか！」

慌てて首を横に振る。

だって亘さんと比べたら私は本当に平凡だから。

彼の言動で好意を持ってくれているのは実感しているものの、惚れきっているというのは大袈裟だと思う。

「まさかってことはないでしょう?」

薫さんは意外そうに眉を上げる。

「私と亘さんはお見合い結婚ですから。少しずつ距離が近付けばいいなと思ってるんです」

「あー、春奈ちゃんはそんな認識か。多分、亘の言葉が足りないのね」

薫さんは納得したように頷くと、声を潜める。

「これは内緒なんだけどね。亘はお見合いの前から春奈ちゃんのことを知っていたのよ」

「……そうなんですか?」

思いがけない言葉に驚いた。

私たちが初めて会ったのは、園芸ボランティアをしていたときのこと。

ただ彼は名乗りもしなかった出会いを覚えている訳がないだろうと思ったから、私から話題にしたことは一度もなかった。

でも実は忘れずにいてくれたなんて、すごく嬉しい。

今日、亘さんが帰宅したら聞いてみようか。

うきうきそんなことを考えていた私の耳に薫さんの声が届く。

「ええ。どこかの企業のレセプションパーティーで、春奈ちゃんに一目惚れしたみたい」

「え……」

レセプションパーティー？　何のこと？

戸惑う私に、薫さんが微笑み頷く。

「ふふ、驚いたでしょう？　これまで全く結婚に関心を持たなかった亘が、春奈ちゃんのことをずっと気にしていてね。それを知った両親が真貴田先生にお見合いを持ち掛けたのよ」

「……ではお見合いは両家の都合ではなく、亘さんの意向だったということですか？」

菱川物産が経産省とのパイプを欲していたのでは、なかったのだろうか。

「ええ。もちろん真貴田家と縁ができたのは、うちにとってありがたいことだけれど、亘の意向が大きいわ」

「そう……なんですか」

舞い上がっていた気持ちが一気にどん底まで落ちていく。

亘さんが一目惚れをしたのは私ではない……姉だったんだ。

企業や政治団体のレセプションパーティーの招待状は、ほとんどが父に届く。父が出席する際に同行するのは、後継ぎである清春だ。

スケジュールの都合がつかないときには、清春か姉が代理で出席する場合があるけれど、私にその役が回ってくることはない。

姉がスケジュールミスをしたときに、代わりに出席するように言われたことはあるけれど、たった一度だけだし、姉になりすましているのがばれたら困るから、挨拶だけしてすぐに退席した。

どう考えても、亘さんと私がパーティーで出会う訳がないのだ。

――亘さんは……姉を好きになったんだ。

その事実が、胸に鋭くつき刺さる。

「春奈ちゃん、どうかした？」

黙り込んだ私に、薫さんが心配そうな声をかけてくれた。

「あっ……なんでもないです。すみません、ぼんやりしてしまって」

私はなんとか笑顔を作った。

薫さんは私に自信を持たせようとして、秘密を教えてくれたのだ。善意での行動だったのに、余計な心配はかけたくない。

それに私が亘さんの求めていた相手ではないと知ったら、きっとがっかりさせてしまうだろう。

本当のことは言えないまま、私は薫さんのサロンを後にした。


買い物を済ませて自宅に戻り、少し休憩してから、夕食の支度にとりかかる。

今日のメニューは、シーフードドリアと、ほうれん草のサラダ。かぼちゃのポタージュ。スープは亘さんのリクエストだ。

母の影響で私は結構料理が好きだ。

結婚前からキッチンに立つことが多かったけれど、結婚してからはますます好きになった。亘さんが美味しいと沢山食べてくれるのが嬉しいから。

毎日の食事作りが楽しくて、心を込めて料理していたのだけれど……今日はどうしても気持ちが入らない。

作業的に手を動かしながらも、頭の中は薫さんから知らされた縁談の真実について占められている。

——亘さんは、多佳子お姉さんが好きだったんだよね。

それなのに見合い相手が私になって、さぞがっかりしたんじゃないのかな。

あの日、亘さんはどんな顔をしていただろう。

思い出そうとしても、浮かんでくるのは優しい笑顔で秋薔薇の庭を案内してくれた彼の姿ばかり。

元々は姉への縁談なのは分かっていた。

それは姉が長女なうえに条件が私よりも優れているから。

でも亘さんは私でいいと、言葉と態度で示してくれた。だから私も姉に対する劣等感を克服しようと前向きになれた。

日々彼の愛情を実感し、少しずつ自信を持てるようになってきていた。でも、自信なんてすっかりなくなっちゃったな……。

それくらい知った真実は、私にとってショックなことだ。

一目惚れと言っても過去のことで、張本人の亘さんはもう気持ちを整理しているのかもしれない。

でも、私は割り切れない。

彼が一度でも姉に恋愛感情を持ったという事実が、辛くて悲しい。

「はあ……この先、どうしよう」

この気持ちを亘さんに正直に話すべきか。でもこんな後ろ向きで暗い部分を見せて失望されたくない。

かと言って、ひとりで消化して気持ちを切り替える自信もないし……。

夕食の準備を大方終えて、私はリビングに移動した。

ソファの端に座り頬杖をつく。

そのとき、スマホの着信音が鳴った。

私は座ったばかりのソファから立ち上がり、キッチンのカウンターに置きっぱなしだったスマホを取りに行く。

画面を見た瞬間、胸が軋む嫌な感覚が体を巡った。

電話は姉からだったのだ。

結婚後、一度も連絡が来たことはなかったのに、どうしてこのタイミングで……。

私はかなり憂鬱な気持ちになりながら、スマホを耳に当てる。

「はい」

「やっと出た」

姉の少し不満そうな声が聞こえてくる。

「今、話せる?」

「あの、今料理中だから、少しだけなら」

一段落して休んでいたくらいだから、時間はあるが、今は姉と話す気になれなかった。一方でそんな風に避けてしまうことに、申し訳なさを感じる。

「夕食の支度？　それなら後でもいいでしょ。相変わらず融通が利かないんだから」

申し訳なく思ったことを後悔しそうになる。そうだ、姉はこういう人だった。

いつだって私の都合なんておかまいなしに、自分の用件を通す。

もしかしたら、姉は私に用事を頼むつもりなのかもしれない。

私は警戒しながら次の言葉を待った。以前のように姉のふりをして何かをしろと言われたら、断ろうと思っている。

けれど姉の話は私が全く想像していない内容だった。

「私ね、婚約しようと思っていた恋人と別れたの」

「え……」

私は戸惑い口ごもってしまった。

姉が私に自分の恋愛話をするなんて初めてで、驚いてしまったのだ。

どういうつもりで、こんな報告をしているの？

どんな反応をすればいいんだろう。

「あの、多佳子お姉さん……」

「ん？　なあに？」

「いえ……ただ、大丈夫なのかと思って」

「何が？」

「それは……恋人と別れたって言ってたから、辛いんじゃないかと」

昔から私は姉と話すと身構えて緊張してしまう。

会話すら上手くできなくて、話の途中で言葉に詰まってしまったり。

「振られた訳じゃないから大丈夫よ。話し合って穏便に別れたの」

「……それならよかったけど」

穏便な別れというのが私にはよく分からない。

私がもし亘さんに別れを告げられたら、それが穏便な話し合いの末だとしても、きっと立ち直るのに多くの時間が必要になるだろうから。

「これからは仕事にもっと、力を入れていくつもり」

「あ、そういえば、朝の報道番組に出ていたの見たよ。これからも出るんでしょう？」

「そうなの。だからますます忙しくなりそう」

「大変だね」

姉は早口だ。仕事中や恋人との会話とのきはどうか知らないけれど、私と話すときは、時間を惜しむように捲し立てる。

だから私もなるべく簡潔に返事をするようにしている。

「まあね。だから春奈にも協力してもらわないと」

ドクンと心臓が跳ねる。

また、嫌な用事を言いつけられる。姉は決定事項のような言い方をしているから、彼女は私が断るなんて思ってもいないのだろう。

でも、嫌だ。せっかく家を出て自由になったと思ったのに、また姉の身代わりをするなんて。

「ど、どんなことかな？　私も亘さんに用事を頼まれたりするから、以前のように代わりに何かするのは難しいんだけど」

そう言った直後、罪悪感が込み上げてきた。

はっきり嫌だと言えず、亘さんを理由に断ろうとするなんて。

なんて意気地なしで、卑怯なんだろうか。

「春奈は専業主婦でしょ？　用事とやらはそんなにしょっちゅうある訳？」

「……いろいろあって」

「亘さんって寛容で現代的な考え方をしていると思っていたけれど、そうでもないってこと？　一度じっくり話してみたいわ。ねえ、食事会を予定してよ」

「え？」

姉の発言に、さっと血の気が引くのを感じた。

「姻戚になったんだから、交流しないとね。あとで空いてる日を送るから調整して」

「で、でも、亘さんは仕事が忙しいから、予定が合わないかも」

「そんなの私だって同じよ。でも全く時間がないなんてあり得ないから大丈夫よ」

姉は強引な人だ。

こうと決めたら私の意見なんて聞いてくれない。頭がよくて察しがいいはずなのに、私が乗り気ではないと気付いてくれない。

それとも気付いているけれど、無視しているのかな。

とにかく私は落ち込んでしまって、会話を続けるのも苦痛なほどだった。

《亘さんって、何が好きなの？　手土産を選ぶ参考にするから教えて？》

《休みの日は何をしているの？　趣味はある？》

姉は亘さんに強い関心を示し、次々と質問をする。

電話を切るまで一方的に捲し立てられ、私はすっかり疲弊してしまった。

どうして急に亘さんに興味を持ったのだろう。

私が言い訳に亘さんの名前を出したからなのは分かっているけれど、それにしても食いつくように、あれこれ亘さんについて聞き出そうとするのには違和感がある。

「はあ……」

憂鬱なあまり溜息が漏れてしまう。

ふたりが連絡を取り合うようになったらどうしよう。

亘さんと姉は私よりも年齢差がないし、出身大学が同じで共通の話題がある。

何よりも亘さんは姉が好きだったのだ。

私と結婚を決意して、過去のことにしてくれてはいるようだけれど、姉と接する機会が増えたら気持ちが揺さぶられるかもしれない。

私は……もし姉と比べられたら、選んでもらえる自信がない。

昔から一度だって私が選ばれたことなんてないのだから。それが当たり前だと受け止めていた。

それでも亘さんを取られたくない。

諦めるにはもう彼を好きになりすぎている。

今朝までは幸せな気持ちでいたのに……今は何もかもが悪い方向に進んでしまう。

そんな不安な気持ちでいっぱいになった。

姉との電話を終えてしばらくすると、亘さんが帰宅した。

薫さんから聞いた話について、彼に確認するかまだ迷っていたけれど、彼のほっとしたような笑顔を見たら、言い出せなくなってしまった。

「ただいま」

疲れて帰宅したのに、いきなり重い話をするのはよくないと思って。

食後のリラックスタイムに切り出すのがいいかもしれない。

テーブルにカトラリーを並べていると、シャワーを浴び終えた亘さんがやって来た。

「いい匂いがするな」

「今、ドリアを焼いてるところだけど、すぐにできるから待っててね」

「ああ」

亘さんが嬉しそうに頷く。チーズたっぷりのドリアは彼の好物だ。

焼きあがったばかりのドリアをオーブンから取り出す。

いい感じの焼き色がついていて、美味しそう。

味も亘さんの好みに合っているようで、彼は満足そうにあつあつのドリアを口に運ぶ。

私は猫舌なので、サラダから。ドレッシングは手作りで初めてのレシピだけれど、さっぱりしていてなかなかいい感じだ。

「春奈と結婚してから食事が楽しみになった」

亘さんが不意にそんなことを言った。

「本当？　嬉しいな」

「仕事が終わると早く家に帰ろうと思うんだ。待ってくれている人がいるのはいいものだな」

亘さんが幸せそうに微笑んだ。

私も笑い返そうと思ったけれど、切なさが込み上げて上手くできなかった。

「……私もいつも亘さんの帰りを楽しみに待ってるよ」

料理をするのが一層楽しくなったのは、亘さんが美味しいと言ってくれるから。

もっと喜んでほしくて、頑張りたくなった。

私こそ結婚してよかったと思ってる。

毎日が幸せで、亘さんが側にいてくれると前向きになれた。でも……。

――亘さんは本当に私でいいの？

私との結婚に満足していたとしても、最善ではなくて、彼が心の奥底で諦めを感じていたとしたら……。

そう考えると、ますます気分が沈んでいった。

姉からの電話があった日から一週間後の水曜日、午前十一時。

私は自宅マンションの最寄駅にあるカフェで、清春と待ち合わせをした。

今日は清春が代休なので、少し早めのランチをしながら、近況報告をすることになったのだ。

約束の時間より十分ほど早く着いたので、席を取って待っていようと思っていたら、清春も同じタイミングでやって来て入り口でばったり会った。

「あ、清春」

久々に会う双子の弟は、相変わらず元気そうだ。

ファッションも醸し出す雰囲気も洗練されていて、やたらと人目を引くところも変わらない。

「早めに着いて、のんびり待つつもりだったけど、同じこと考えてたみたいだな」

「うん。いつものことだね」

私と清春は外見も能力も全く違うというのに、行動パターンが被ることが度々ある。

カフェに入り、好きな席に座っていいとのことなので、ぐるりと周囲を見回す。

店内には私たちの他に、ノートパソコンを開いた大学生くらいの女性と、三十歳前後の女性のグループ、ビジネスマンふたり組がいる。

私たちは、落ち着いて話せそうな端のテーブルを選び、日替わりランチを注文した。

「新婚生活はどうだ？　母さんは上手くいってるみたいだと言ってたけど」

「うん……」

「順調じゃないみたいだな」

清春は私の表情で、早くもよくない状況を察したようだ。

「喧嘩《けんか》でもした？」

「そうじゃないんだけど、実は縁談の真実を知ってしまって……」

「なんだよそれ？」

清春が目を瞬く。

「実は……」

私は先日知ってしまった、亘さんが姉を見初めたという話をした。

「え……あいつに一目惚れ？　亘さんって、もしかして目が悪いのか？」

清春が思い切り顔をしかめる。

「何言ってるの。多佳子お姉さんは美人なんだから、亘さんが一目惚れしてもおかしくないでしょう?」

清春って、昔から姉にだけは厳しいんだよね。

「ふーん……それで春奈は落ち込んでるって訳か」

「うん。だってショックだよ。お見合いのとき亘さんは顔には出さなかったけど、内心では落胆していたかもしれないんだから」

亘さんの心情を思うと、落ち込んでしまう。

「まあ、ショックなのは分かるけど、あまりくよくよ考えるなよ。過去の恋愛まで気にしてたらきりがない」

清春はクールに言う。

「頭では分かってるんだけど」

そんな風に割り切れたら苦労しない。でもできないから悩んでいるって言うのに。

「相手が多佳子お姉さんってところが嫌なんだよ。分かるでしょ?」

「春奈はあいつに異常なほどのコンプレックスを持ってるからなあ……でもいい加減克服しろよ」

「結婚して克服できていると思ってたのに、今回の件で一気に戻っちゃった」

全然成長していない自分が情けなくなる。

「戻るな。不安だったとしても、今の亘さんの態度で判断しろよ。春奈を大切にしてくれているんだろう？」

「うん……そうだけど」

清春は強く、自信を裏付ける能力があるから、そんな風に割り切れるのだ。

でも私は違う。お前は駄目な人間だと、はっきり何度も言われ続けていると、自信なんて持てなくなる。

「でもとか、そうだけど、とか言うなよ。亘さんの過去の恋愛相手を気にしてたらきりがないんだから、無理にでも割り切れ。ああいった人と結婚した時点で覚悟はしてたはずだろ？」

「まあ、亘さんがすごくモテるのは分かってたから。……話し合いはしない方がいいのかな？」

「どうだろうな。俺だったら言わないな。だって相手も過去の恋愛を根掘り葉掘り聞かれるのは嫌だろうし、問い詰めてるうちに自分が情けなくなりそうだ」

「そうだね……」

確かに、自己嫌悪に陥りそう。

「きっと清春の言う通りなんだろうな。なるべくうじうじしないようにする」

今すぐ、すっきり気持ちを切り替えるのは難しいけれど、この問題は私が消化するしかないのだから。

「その方がいい。あんまり落ち込んでばかりいると、亘さんに気付かれるぞ」

「うん」

頷いたとき、注文していた日替わりランチが届いた。

私たちは無言で、食事をする。

先に食べ終わるのは必ず清春。彼は食後のコーヒーをゆったり飲みながら、私が食べ終わるのを待っている。

しばらくして食べ終えた私は、そういえばと口を開いた。

「何日か前に多佳子お姉さんから電話があって、恋人と別れたって言ってたの。清春は何か聞いてる？」

「ああ……そうみたいだな。直接は聞いてないけど、親父と話してるのが聞こえてきた。最近は常に機嫌が悪いからめんどくさい」

清春がうんざりしたように、頬杖をついた。

「機嫌が悪いの？　電話では失恋のショックはない感じだったけど」

「春奈には見せないんだろ？　あいつって春奈を見下しているくせに、やたらと気にしてるんだよな。俺のことは完全無視なのに」

清春が不満そうに眉間にシワを寄せる。

「同性だからじゃないかな。比較対象になりやすいでしょ？」

「そういうもんかね」

清春が肩をすくめた。

「お母さんは大丈夫？　多佳子お姉さんの機嫌が悪いなら心配だな……」

「あまり関わっていないから大丈夫だ。父さんとあいつは揉めてるみたいだけどな。昨日も部屋で怒鳴り合ってた」

「えっ？　何について？」

「さあ？　とばっちりは勘弁だから、近寄らなかった」

「相変わらず、ドライだね……」

私なら気になって様子を見に行ってしまう状況だっていうのに。

「俺も人のことに首を突っ込んでる余裕はないからさ」

清春が疲れたような溜息を吐いた。

「あ……そうだよね。お父さんとは相変わらずなの？」

「言い合いばっかだよ。でも何て言われても、俺は考えを変えるつもりはないけど」

「政治家になりたくないって、お父さんにはっきり言ったの？」

「何度も言ってる。この前はじいちゃんの店を継ぎたいってはっきり言ったら、怒り狂って大騒ぎになった」

「……想像できる」

自分の地盤を継ぐ後継ぎが必要な父。政治家ではなく料理人になりたい清春。

そして、何を考えているのか分からない姉。

私が結婚して家を出た後も、真貴田家は大変そうだ。そんな中で母も清春も頑張っている。

――私、自分のことばかり考えてた……勝手だったな。

頭の中は亘さんと姉の関係ばかりが占めて、勝手に傷ついて後ろ向きになり、清春に愚痴ばっかり言ってしまった。

「ねえ、清春。おじいちゃんのお店を継げるように私も協力するから」

みんなが幸せになってほしい。

清春が少し驚いたように目を瞬く。それから明るい笑顔になった。

「頼りにしてる。母さんのことがあるし円満に家を出たいからな。いい方法を考えよう」

「うん、絶対に上手くいくようにしようね。清春は今勤めている会社を辞めるつもりなの？」

「正式に店を継ぐって決まったら退職するよ。せっせと貯金して二年くらいは収入なしでもなんとかなるようにしてるからな」

「すごい、計画的！」

本当に私と双子とは思えない。

「当然だろ？　修行中は給料なんて期待できないからな。他にもいろいろ準備を進めていて……」

私は感心しながら、清春の話に耳を傾けたのだった。

四章　縁談の経緯　～亘side～

幼い頃から、なんでもそつなくこなすタイプだった。勉強や運動で苦労した覚えはなく、国内最高偏差値を誇る国立大学にストレート合格。

卒業後は曾祖父が起こした商社に就職。

その後、社員教育プログラムのメンバーに選抜されて海外に渡り、ＭＢＡを取得するのと並行して人脈を広げた。

環境に恵まれ、概ね順風満帆な人生だった。ときどき壁に突き当たっても、それなりの努力で克服できた。

不足しているものは、あえて言うなら人並みの恋愛経験だろうか。

父親と母親のいいとこどりの顔のおかげで、女性から関心を持たれることが多かったし、中にはとびきりの美女から、あからさまな誘いを受けたこともあった。

けれど、心が動いたことは一度もなかった。

思考は常に冷静で、もし目の前に裸の美女が現れても、手を出さない自信がある。欲を感じるより、リスクを考えて冷静に対応するだろう。

多分、俺は恋愛に関しては、非常に冷めた人間なのだ。

周りから何かと口うるさく言われる結婚に関しても、職業や性格など自分にとってリスクが少ないと思える相手を選び、妻と尊重し合える理性的で穏やかな家庭が築けたらいい。その程度の考えしか持っていなかった。

ところがある日、仕事で再開発エリアの視察に出た際、思いがけない出会いをした。

田んぼが続く長閑な田舎に、新たにできた新駅の周囲には、数年前からマンションやショッピングセンターが建設されて町全体が様変わりしている。

海外留学から帰国後、再開発エリアプロジェクトの責任者になった俺は、頻繁に様子を見に来ていた。

都市開発の仕事は、ただビルを建てればいい、というものではないからだ。

周辺の環境や住んでいる人々のニーズなど、その土地によって事情が違う。

責任者だからこそ自分の足で歩き、ときには生活している人たちに声をかけて話を聞くことで、データ上では読み取れない情報が得られることもある。それはとても重要なことだと俺は考えているのだ。

その日は移転してきた私立学園を訪問した。

小学校から高等学校まで、数千人の生徒が通うマンモス校で経営難に陥っていたが、最近経営者が変わったのをきっかけに、教育カリキュラムの大胆な改革を行った。

その一環で校舎の移転と制服を一新したため、何かと話題となっている学園だ。

亘が視察した校舎には、小学生が通っているとのことだった。

重厚な正門から校舎までの道は、幅が広く左右は樹木と色鮮やかな花が美しく咲いている。

案内を頼んだ学園の事務長が言うには、万葉の道という名前がついている通りで、生徒や保護者に人気があるらしい。

月に何度かある学園開放日は地域の住民が、見に来る憩いの場になっているそうだ。

特に花が好きと言う訳ではないが、仕事柄植栽や庭園には詳しい俺が見ても、なかなか見事な通りになっている。

『よい環境ですね』

正直な感想を伝えると、事務長は誇らしそうに微笑んだ。

『はい。元々この新校舎は、廃校になった学園を買い取り全面改装したのですが、この通りは正門を新しくするだけに留め、他は手を入れていないんです』

『よい決断だと思います』

この道の趣は歴史あってのことだ。

『しかしこれだけの規模の庭だと手入れが大変でしょう』

俺はぐるりと周囲を見回した。

すると大きな木の幹の近くに、数人が集まっているのが目に入った。皆、長袖シャツに長ズボンのラフな格好だ。日よけの帽子を被っているので顔は見えない。

『彼らは？』

事務長に聞くと、彼はちらりと俺の視線の先に目を遣り、『ああ』と頷いた。

『地元のボランティアの方たちです。学園内の植物の手入れをお願いしています。校舎近くの花壇は園芸委員会で管理をしていますが、こちらまでは手が回りませんので』

『なるほど』

確かにこの範囲の多用な植物を、生徒と教師で管理するのは無理だろう。

ボランティアたちを眺めていると、固まっていた彼らが動き出した。それぞれの持ち場に行くのだろうか。

（高齢者が多いな）

男女比は半々だが、年齢は見た感じ全員六十代を越えている。

やはりこういった地域ボランティアに集まるのは、引退した高齢者が多いようだ。

一種のコミュニティになっているのかもしれない。

そんな中、ひとりだけ若い女性がいて目を引いた。

紺のシャツにライトブルーのデニムパンツ姿が、すらりとしたスタイルによく似合っている。

白い帽子の下には、屋外ボランティアに相応しいとは思えないしっかりしたメイクをした美しい顔が見えた。

明らかに浮いている彼女だが、仕事ぶりは誰よりも熱心だった。

軽やかに動き回り、てきぱきと作業をしている。真面目そのものだ。

太陽を遮るものが何もない場所に留まり、慎重に苗を植え替えている様子から真剣に取り組んでいる様子が窺えた。

『菱川さん？』

つい立ち止まって見入ってしまっていたため、事務長に怪訝そうな声をかけられた。

『すみません、行きましょうか』

これから学園の中高一貫部の新校舎建設の会議があるから、いつまでも留まっていられない。

すぐに立ち去ったが、なぜか白い帽子の女性の姿が記憶に残り、消えなかった。

その後、打ち合わせと現場視察のために何度か学園を訪れた。

廃校を改装した小学部の近くの空き地に、新校舎を建設するための打ち合わせだが、訪問する度に、気付けばあのときの女性を探していた。

しかし、打ち合わせとボランティアスタッフの活動中が重なっても、あの女性は見かけない。

あるとき、打ち合わせの合間に聞いてみた。

『園芸ボランティアはどのように募集しているのですか?』

『学園のホームページで呼びかけたり、新聞折り込みのチラシで案内しています。その他は紹介ですね』

『仲間同士で誘い合うということですか』

『それもありますが、理事長経由などもありますし、地元議員の親族の方などが協力してくださっているケースもあります』

事務長の説明に俺は頷く。頭の中には彼女の姿が浮かんでいた。

ひと言も話したことがない相手が、なぜこんなに気になるのか不思議だった。

新校舎建設の計画は順調に進み、以降は担当者レベルのやり取りがメインになる段階に移行した。

俺が学園を訪れる機会は、当分ないだろう。

最後の打ち合わせを前に、すっかり通いなれた万葉の道を歩いていたそのとき、探していた女性を見つけた。

今日はベージュのシャツに黒いスリムパンツ姿で、帽子はパンツと同じ黒。

シンプルだがスタイリッシュな印象だった。一つに纏めた髪が、背中で軽やかに揺れている。

目の前の風景から彼女だけが切り取られたように、視線を奪われる。

気付けば足が動き、彼女の元に向かっていた。

『すみません』

声をかけると、彼女がくるりと振り返った。

俺を見てなぜか驚いたようで、目を丸くする。

遠目で美しいと感じた顔は、近くで見ると案外可愛らしかった。

『少しお話を伺ってもいいですか？』

『はい、なんでしょうか？』

『新校舎建設を担当している者です。参考にいくつか教えてほしいことがあるのですが』

『そうなんですね。私でよかったらお答えします』

彼女と話してみたくて、無理やり作った話題だったが、彼女はそんな事情を知るはずがなく、真面目に頷いてくれた。

振る舞いから親切そうな人柄がにじみ出ている。

『園芸ボランティアをしていて、困ったことや気になる点はありませんか？』

質問が漠然としているからだろうか。彼女は戸惑った様子で目を伏せる。

やがておずおず口を開いた。

『……この学園は月に何度か一般開放されているんですが、ご存じですか？』

『ええ、聞いています』

『かなり人気があるようで大勢の方がいらっしゃるんです。もっと華やかにしてほしいなど意見が多いそうです。私たち園芸スタッフとしても楽しみにしている方たちに応えられるように、より素敵な通りにしたいと思っていますけど、ここには専任の管理者がいる訳ではありませんし、予算も限られているので現状で精一杯です』

『学園側としては、敷地内の美観を整えるのが目的で集客ではないからでしょう』

『はい。それでもこの学園の花が人気なのは、他にこういった憩いの場がないからだと思うんです。街に大きな公園があれば、住民の皆さんが満足されると思います』

彼女は言葉を選ぶようにゆっくり語る。多分真面目な性格なのだろう。自分のことのように、悩んでいるようだ。

しかし途中ではっとしたように言葉を止めた。

『すみません、学園とは関係ない話になってしまってますよね』

『いえ、十分参考になりました。ありがとうございます』

『でも……』

『我々は学園だけでなく、この町全体の再開発も担当していますから、有益な意見でしたよ。花が咲く公園、いいと思います』

『そうですか？』

華やかで美しい容姿の割に、自分に自信がないのだろうか。

どことなく頼りない様子で彼女が聞いてくる。

『ええもちろん。再開発はただ新しい建物を建て、道路を作るだけじゃない。住民がリラックスできる住みよい環境を作るのが使命だと思っています』

『そうなんですね……お役に立てたのならよかった』

彼女が柔らかく微笑んだ。

目じりが下がり、少し恥ずかしそうな様子は純粋そのもので、話す前のイメージがまた変化する。もちろんいい意味でだ。

もう少し彼女と話したい。

話題を変えようとしたそのとき、背後からバタバタした足音がした。

『ここにいたのか！』

続く慌てたような声に、俺は内心溜息を吐く。

『探した。会議が始まるから急いでくれ』

同行した課長の篠原晋也《しのはらしんや》だ。役職は部下になるが、プライベートは幼馴染の親友でもある気安い相手だ。

先に会議室に向かうように言っておいたが、俺がいつまでもやって来ないので、心配症の彼はしびれを切らして迎えに来たのだろう。

『まだ時間じゃないだろ？』

『皆揃ってるなら始めようと理事長が』

『あ、あの……』

心配そうに俺たちのやり取りを見ていた彼女が、遠慮しながら声をかけてきた。

『忙しいのに、私が長々話して引き留めてしまってすみませんでした』

何も悪くない彼女が、ぺこりと頭を下げる。

顔を上げた彼女の眉が下がっていて、本当に自分に非があるのだと思っているのが伝わってくる。

『いや、君のせいじゃないから』

話しかけたのは俺の方なのに。

『あの、話を聞いてくれてありがとうございました。私はこれで失礼します』

彼女にしては早口で言うと、くるりと踵《きびす》を返して立ち去ってしまった。

そのままボランティアスタッフの集まりに合流してしまったので、追う訳にもいかない。

俺はじろりと篠原に目を遣った。彼はびくりと肩を震わせ一歩後ずさる。

『お、俺……まずいことした？』

俺の態度に恐怖を感じているのか、篠原の顔が引きつっている。

『いや。ただタイミングが悪かった』

『うっ、悪かったよ……ところで今の子は？』

篠原は彼女が去った方向に目をやりながら言う。

『園芸ボランティアだ。話を聞いていた』

『ああ、なるほど。亘は相変わらず熱心だな。でも今は会議に行かないと』

篠原に背中を押されて、俺は渋々校舎に向かった。

彼女と話せてよかったが、結局名前を聞くことはできなかった。

あとでまた会えるだろうか。

そんな期待が胸を過る。

しかし残念ながら会議が終わったのは、園芸ボランティアが撤収した後だった。

自分でも驚くくらい落胆しながら、万葉の道を正門に向かって歩く。

『さっきのボランティアの子、もういないな』

篠原も彼女を探していたのか、キョロキョロしながら呟いた。

『ああ』

『話の途中だったんだろ？　残ってもらうように言っておけばよかったな』

『彼女は善意のボランティアで、うちの社員じゃないんだぞ。そんなこと頼めない』

『いや、あの子はただのボランティアじゃないそうだ。議員の娘で、再開発中の地元を活気づかせるために、活動してるらしい。だから待っていてと頼んだら応じてくれたよ。亘と話すのは彼女にとっても有意義だろうから』

俺は思わず篠原を凝視した。

『なぜ彼女のことに詳しいんだ？』

『亘が気にしていたから、近くにいたボランティアスタッフに聞いてみたんだよ』

篠原は俺と同じ年だが、人のよさが顔に表れた童顔だ。初対面の相手ともすぐに親しくなるのは特技だと言っていいだろう。

今回もまた、個人情報をいとも容易く聞き出している。

それにしても彼女が議員の娘だったとは。ひとりだけ年齢が離れている彼女が、どんな事情でやって来たのか不思議だったが、これで謎が解けた。

『彼女の名前は？』

『多佳子さんって言うそうだ。苗字は普段呼ばないので忘れてしまったそうだが、地元議員の娘って手がかりがあるから、なんとか調べられるんじゃないか』

そうは言っても市議会議員から県会議員までと候補は何人もいる。

（そこまでして調べるべきなのか？）

先ほど彼女に聞いた話は思いがけず有意義だったが、元は声をかけるための話題に過ぎない。

再開発に関する住民の意見を集める手段は構築済みだし、わざわざ彼女を探し出してまで話を聞く必要はないのだ。

下手したら父親の議員が出てきて、面倒なことになる可能性だってある。

もう一度会いたいと思うのは、個人的な感情だ。

『……いやいい。帰ろう』

俺は篠原を促し、学園を出た。

やるべき仕事は山ほどある。気になる出会いをしたからと言って、そのために余計な労力を割いている余裕はないのだ。

学園に行く用がなくなり、彼女とはそれきりになってしまった。

だんだん彼女との記憶も薄れていく。

新しいプロジェクトが立ち上がり多忙な日々を送っていたある日、父の代理でとあるパーティーに出席した。

全国展開しているレストランのオーナーで、菱川家とも昔から交流がある相手だ。

交友関係が幅広い人物で、ホテルのパーティー会場には、多くの人が集っていた。

多くは財界人だが、見知った顔の政治家や、芸能人も見かけた。

主催者に挨拶を済ませ、仕事の関係者との社交をする。それほど有効な情報はなかったが、交友関係は仕事に影響するので気が抜けない。

ようやくひと息つけたとき、会場出口に向かうひとりの女性が目に留まった。

淡い水色のパーティードレス姿で、綺麗に巻かれた髪が軽やかに背中で踊っている。

――彼女だ。

はっきり顔が見えないにもかかわらず確信した。

姿勢、歩く姿。垣間見えた横顔。間違いない。

俺は急ぎ彼女を追った。

心臓がドクンドクンと大きく脈を打つ。

自分は彼女との再会を待ち望んでいたのだと、今このとき自覚した。

出入りする人が多く、なかなか前に進めない。

その間にも彼女はホテルのエントランスを出て、タクシーに向かって行ってしまう。

『待ってくれ！』

思わず呼びかけた声は届かず、彼女は優雅な動きでタクシーに乗り込み、目の前から去ってしまった。

ようやく会えたというのに……激しく落胆した俺は、すぐに彼女について調査した。

どうしてももう一度会って話したかったのだ。

こうなるとさすがに分かる。

俺は彼女が気になって仕方がない。好意を持っている。

初めて見かけたときから気になっていた。一目惚れと言えるかは分からないが、ふたりで会話をしたあの短い時間で、不思議なほどに惹かれたのだ。

篠原に協力してもらい、情報を集めた。

手がかりは結構あった。

同じパーティーに出席した政治家の娘。名前は多佳子。地元は分かっている。

思っていたよりもすぐに彼女の身元が判明した。

衆議院議員、真貴田佳朗の長女、真貴田多佳子。

年齢は俺よりも四歳年下の二十八歳。偶然にも出身大学が同じだった。

大手法律事務所勤務の将来有望な若手弁護士で、テレビ出演もする有名人。多忙な仕事の合間に、積極的にボランティア活動を行っている。

彼女――多佳子さんのプロフィールを見たとき、驚いた。

その完璧な経歴にと言うより、俺が感じた彼女の印象とは違っていたからだ。

弁護士ならば多弁で自分の意見を言うことには慣れていそうなのに、学園で話した多佳子は、かなり躊躇いながら考えを語ってくれた。

自信がなさそうな笑み、おっとりした優しい雰囲気。誰かのサポートに徹した仕事ぶり。年齢ももっと若い……社会人になったばかりのように見えた。

——本当にあの彼女が将来有望な弁護士？

法廷で戦う姿なんて、微塵も想像できなかった。

パーティーでも、人の目を避けるように、静かに去った。そんな彼女がテレビに出演するだろうか。

違和感がある。ただ俺は彼女のことをよく知っている訳じゃない。あくまで自分が感じた印象に過ぎないのだ。

プライベートではのんびりした人物が、仕事になると打って変わって積極的になるケースだってあるのだから。

ただ、なんとかしてもう一度会いたいと思っていた気持ちがクールダウンした。会わない方がいい気すらする。彼女が思っていた女性とは違っているのを知り、落胆したくなかったからだろうか。自分でもはっきり分からない。

ところが、俺が女性を探し調べていると知った両親が、伝手を使い真貴田家に縁談を申し込んでしまった。

大方篠原から話を聞き出したのだろう。

篠原と亘の両親は昔から仲がいいから、俺抜きで連絡を取り合うなんてざらにある。

『パーティーで見かけた真貴田代議士のお嬢さんに、一目惚れしたんですってね。お見合いを申し込んでおいたわよ』

それまで女性にも結婚にも関心を持たなかった長男が、初めて浮ついた行動を見せたと張り切り行動に出たようだ。家の利益になるというのも大きかったのだろう。

真貴田家としても、菱川家との縁談は魅力的だったのか、すぐによい返事を貰い、とんとん拍子で見合いの日程まで決まってしまった。

俺が反対しても聞き入れられず、照れているのだと勘違いされる始末。

それでも彼女との縁談だと思うと、これまで打診された見合いとは違って、少なからず期待があった。

だから、母親の暴走に眉をひそめながらも、本気で反対はしなかった。

ところが、見合い直前に予想外の事実が発覚した。

見合い相手が多佳子さんではなく、彼女の妹の春奈さんだと言うのだ。

衝撃を受けたが、両親はなぜか気にした様子がない。

『姉の多佳子さんは婚約者がいるそうよ。でも妹の春奈さんはまだ決まったお相手がいないそうなの。亘が見かけたのはきっと春奈さんの方ね。多佳子さんだったら、そういう場には婚約者と同行していたはずよ』

『いや、そんなことはないはずだ。参加者名簿には多佳子さんの名前が載っていた』

『急に変更になったからでしょう。真貴田代議士の代理なのだとしたら、どちらでもいいのだし。真貴田先生から多佳子さんに婚約者がいると言われて、私も調べたんだけどあのパーティーに出席したのは春奈さんの方よ。間違いないわ』

母はなぜか自信満々だった。

『真貴田先生も春奈さんも亘との縁談に前向きで、とても楽しみにしているそうよ。それから亘の一目惚れのことを言ったら警戒されるかもしれないでしょう？　だからあくまで両家の縁組という形を取ったわ』

ならば完全な政略結婚ということだ。

こちらから持ち掛けた縁談を、今更人違いでしたと断ることなどできない状況ではないか。菱川家としては、真貴田代議士との間に亀裂を作るのは避けたい。

予定通り見合いをして、できれば春奈さんの方から断ってくれるのがいいのだが。

見合い当日。俺は春奈さんに対して、無礼にならないが、慣れ合わない態度を取るつもりでいた。

ところが、実際春奈さんと顔を合わせて驚いた。

彼女が、姉の多佳子さんとよく似ていたからだ。

ぱっと見た顔の印象は、目鼻立ちがはっきりしている多佳子さんの方が華やかだ。春奈さんは多佳子さんに比べて各パーツが小さく可憐な印象だった。

『は、初めまして。真貴田春奈と申します。本日はよろしくお願いいたします』

声までそっくりで更に驚いた。

しかもスタイルや仕草までが酷似している。

歩く姿や、恥ずかしそうに目を伏せる様子など、あのとき、学園で話した多佳子さんを思い出させた。

姉妹と言うのはこんなに似るものなのだろうか。

俺には姉がいるが、性別が違うせいか全く似ていない。

多佳子さんに似ているからか、初めに抱いていた警戒心が気付けばなくなり、春奈さんとの会話を楽しんでいた。

彼女は花が好きだという。

熱心に園芸ボランティアの活動をしていた多佳子さんと、また重なった。

結果として、間違いからの見合いは大満足で終わった。

帰宅してからも、春奈さんの顔が浮かび、会話が蘇る。

俺は是非また会いたいと真貴田家に連絡をした。

それから何度かふたりで会い、彼女への好感が恋愛感情だと確信した。

俺は春奈を愛してる。

プロポーズをして、家族や友人に祝福されて夫婦になった。

結婚式前の両家顔合わせと結婚式当日に、多佳子さんと顔を合わせた。

もしかしたら、あのときの話をすることになるかもしれない。

その場合は、春奈に多佳子さんとの出会いについてきちんと説明するつもりでいた。

しかし多佳子さんは、俺に対して初対面の態度を取った。

一度話しただけだし、お互い名乗らなかったので、覚えていないのだろうか。

それとも妹の夫と知り合いだったと知られるのが面倒で、黙っているのか。

分からないが、俺から多佳子さんに問い質すことはしなかった。

久しぶりに会った多佳子さんは、以前とはがらりと違う雰囲気で近寄り難く、まるで別人のようだったからだ。

一緒に暮らすようになり、ますます春奈に対しての想いが大きくなっていった。

ときどき、春奈の言動で多佳子さんを思い出すことがあった。

あのとき、町の人々の幸福を願っていたのは多佳子さんのはずなのに、まるで春奈との思い出のように錯覚してしまうのだ。

春奈の思い遣りと優しさに触れているからだろうか。あの言葉が春奈の考えのような気がしてくる。

ただ多佳子さんとの記憶が蘇っても、気持ちが揺らぐようなことはなかった。

一時的に多佳子さんに惹かれたのは事実だが、今の俺は春奈しか見ていない。

妻を守って幸せにしたいと心から思っているのだ。

結婚してから帰宅が早くなったが、その分仕事の効率は上がっている。公私ともに充実していて、全てが上手く回っていた。


「予定より大分早く戻れたな」

新幹線から降りると、篠原が固まった体をほぐすようにぐっと背伸びをした。

「あんなにあっさり纏まるとはな」

停滞していた商談のための日帰り関西《かんさい》出張だった。

打ち合わせと接待などで帰宅は深夜になる予定だったが、拍子抜けするほど商談が進んだため、予定していたよりも早い便で戻ってきた。

「早く終わったのはよかったけど、すぐに東京に戻るとは思わなかったよ。せっかくだから観光してもよかったのに」

篠原が一旦言葉を切って、にやりと笑った。

「少しでも早く帰って、奥さんに会いたかった？」

結婚して俺の帰宅が早くなったことを、篠原が気付かない訳がなく、何かと揶揄われてしまっている。

図星だから反論しても藪蛇《やぶへび》になりそうで、好きに言わせているが、篠原が結婚したときに思い切り揶揄ってやるつもりでいる。

「今すぐ帰りたい気持ちは分かるんだけど、一件予定が入ったから。これから行こう」

「予定？　聞いてないぞ」

出張から帰宅後は直帰のはずだ。

「商談成功と帰宅時間の変更の連絡をしたら、早く戻るなら送別会に参加してほしいって言われたんだ。二次会からになるけど、顔だけ出そう」

「ああ……内藤《ないとう》の送別会か。そうだ、今日だったな」

内藤は俺と篠原の同期だ。部署は違うが入社以来の同期仲間として協力し合ってきた。

経営者の息子である俺を特別扱いせず自然に接してくれた、この先も縁を大切にしたい相手。

「分かった。行こう」

「奥さんに連絡しとけよ」

「言われなくてもする」

すぐに春奈に電話をする。しばらくコールしたが出られないようだ。

元々深夜帰宅で夕食は不要だと言ってあったから、友人と食事にでも出かけたのかもしれない。

メッセージで送別会に参加する旨を送り、篠原と共に二次会が行われているダイニングバーに向かった。

菱川物産本社ビルから徒歩十分ほどのダイニングバーは、五十人以上は入れる広い店だ。篠原が気に入っているため、俺も何度か寄ったことがある。

出入口からすぐに目に入るテーブル席に、内藤たち同期仲間三人がいた。

彼らのうちのひとりが俺と篠原に気付き、合図を送るように手を挙げた。

「亘、篠原！」

既に酒が進んでいるようで、ご機嫌な様子が一目で分かる。

「お疲れ」

六人掛けのテーブルの空いている席に腰を下ろし、ビールを頼む。

「来られてよかったよ」

篠原の言葉に俺も頷く。

仕事だから仕方がないとはいえ、仲間の旅立ちを激励したいと思っていたのだ。

会社での立場はこの場では忘れて、同期の皆と楽しく会話をした。

しばらくすると、誰かが近付く気配を感じた。

「亘さん？」

女性の声で名前を呼ばれ振り返ると、俺が座る椅子の斜め後ろに、きりりとした表情の美女が佇んでいた。

「……多佳子さん」

なぜ彼女がここに？　怪訝に感じていると、多佳子さんが目を細めて微笑んだ。

「やっぱり亘さんだったのね。はっきり顔が見えなかったんだけど、もしかしたらと思って声をかけて正解だったわ」

多佳子さんの口調はかなり親し気だった。

春奈との見合い後に彼女に会うのはこれが三回目。前回までは個人的な会話はなく、かなり他人行儀だった。

それなのに突然態度を変えてきたのはなぜなのだろうか。

訝しんでいると、それまで黙って様子を見ていた篠原が、驚いたような声を上げた。

「もしかして、弁護士の真貴田多佳子先生ですか？」

その声を聞いた内藤たちが反応する。

「え？　朝の報道番組に出てる真貴田弁護士？」

「そういえば亘の奥さんは、真貴田先生の妹さんなんじゃないか？」

内藤たちは披露宴に出席しているが、多佳子さんと話したとは言っていなかった。

ただ彼女はテレビ番組に出るほどの有名人だから、俺が紹介せずとも皆すぐに気付いたようだ。

「はい。亘さんの妻になった春奈の姉です。亘さんの同僚の方たちかしら？」

多佳子さんの後半の言葉は、俺に向かってのものだった。

「ええ。同期入社の同僚たちです……多佳子さんはここにはどういった用で？」

「友人と約束していたのだけど、ドタキャンされてしまったの。帰ろうとしたときに、亘さんを見かけて、こうして声を……あの、もしよかったらご一緒しても？」

多佳子さんがにこやかに言う。よかったらとこちらの許可を伺ってはいるものの、堂々とした態度で断られる訳がないと思っているような雰囲気がある。

「申し訳ない。今日は内輪の送別会だから……」

「亘、いいじゃないか」

断りを告げる俺の言葉に被せるように、今夜の主役である内藤が言った。

「ちょうど席も空いているんだ。お前の義姉なんだし部外者ってこともないだろう。真貴田先生、こちらにどうぞ」

「ありがとうございます」

多佳子は遠慮なく内藤に示された席に腰を下ろす。

彼女の同席は気が進まないが、送別会の主役がそう言うのなら、俺があれこれ文句を言う訳にはいかない。

内藤以外の同期たちも、有名人の多佳子さんと話したいらしく、テンションが上がっている。

多佳子さんはさすが弁護士だけあって会話が上手く、あっという間に溶け込んだ。

特に内藤と気が合うようで、かなり盛り上がっている。

「へえ、内藤さんは退職して家業を継ぐのね」

「父が体を壊して仕事に手が回らなくなったので、予定より早く後を継ぐことになりました」

「責任感があって偉いわ。私の弟とは大違い」

「多佳子先生には弟さんが？」

「ええ。一応うちの後継ぎなんだけど、自覚がなくて困ったものなの」

いつの間にか、周りは多佳子先生に呼び方が変わっている。多佳子さんの方はため口だ。年上の、それも初対面の男に囲まれても怯まず堂々とした振る舞い。まるで女王のようだと感じる。

——やはりあのときの女性は多佳子さんじゃない。

以前から何度も感じた違和感。しかし顔は記憶と一致しているし、否定する材料が少なすぎるため、判断できずにいた。

けれど、あのときの女性と同一人物なのだとしたら二重人格だとしか思えない、別人だ。

となるとあのとき、俺が話した相手は誰だったのか。

多佳子さんとよく似た顔をしていたが、中身はまるで違う。

俺と波長が合って、話すと心が弾みそれでいて居心地がよかった。

まるで春奈といるときのように。

——あのとき、話したのは春奈だったんじゃないか？

お互い名乗り合った訳じゃない。

周囲から得た情報で多佳子さんだと思っただけだ。

ふたりは姉妹で背格好がかなり似ている。隣に並んだら違いに気付くが、ひとりでいたら、家族や親しい友人でもなければ分からないだろう。

顔立ちは違うが、メイクで似せることは可能なんじゃないだろうか。

今思うと、学園にいた女性——おそらく春奈は屋外ボランティア活動中にはあまり相応しいとは言えない、濃いメイクをしていた。

あれは多佳子さんに見せかけるために必要だったのでは？

考えるほど、自分の思いつきが正しいもののように感じてくる。

春奈がなぜ姉に成り代わるような真似をしていたのかは分からないけれど、そう考えると納得できるのだ。

「多佳子先生は、本当に鋭いですね。俺、万が一訴えられたら、多佳子先生に弁護を頼もう」

「ふふ、考えておきます」

俺以外の皆は多佳子さんを中心に盛り上がっている。

その様子を眺めていると、不意に多佳子さんと目が合った。

彼女はじっと俺を見つめた後、意味深な笑みを浮かべた。


「内藤頑張れよ！　ときどきは連絡くれよ」

ダイニングバーから出て解散になると、別れを惜しんだ篠原が内藤に泣きつくというハプニングがあったものの、皆楽しい気持ちで内藤を見送ることができた。

それぞれ路線が違うので店の前で別れ、俺は地下鉄の入り口まで歩く。

スマホを取り出し春奈からの着信がないか確認しようとしたとき、駆け足の足音が近付いてきた。

「亘さん、待って！」

そう言いながら俺の右腕を掴んだのは、店の前で別れたはずの多佳子さんだった。

今日は都内のマンションに帰るから内藤と同じ方向だと言っていたはずだが……。

「多佳子さん、どうしました？」

さり気なく掴まれた腕を外しながら問う。

「少し飲み足りなくて。亘さん、もう一軒付き合ってもらえないかしら？」

多佳子さんが、俺を見つめながら言う。

綺麗に口角が上がった微笑みは、考えを読ませないものだ。

「申し訳ありませんが、明日の仕事に備えるためにこのまま帰ろうと思います」

彼女がなぜ俺を誘うのか分からないが、ふたりきりで飲みに行くつもりはない。

妻の姉とはいえ、誤解を招く可能性がある。

春奈はときどき家族の話をするが、楽しそうな思い出話に出てくるのは、ほとんどが母と双子の弟の清春君のことだ。

父親である真貴田代議士に対しては、ときどき悩みを呟いているが、姉の多佳子さんに関しては一切聞いた覚えがない。

良くも悪くも、何も言わないのだ。

それは春奈が多佳子さんことを、話題にしたくないと思っているからではないだろうか。

俺も多佳子さんとの出会いについて、春奈に話していないというのもあり、話題に出ない不自然さについて指摘はしなかった。

それでも、春奈と多佳子さんの姉妹仲が良好ではないと、想像できる。

微妙な関係の姉と夫が、ふたりだけの時間を持つのは気分がよいものではないはずだ。

多佳子さんは俺が断ると思っていなかったのか、一瞬不満が顔に出た。

「よかったら駅まで送りますが」

時間が遅いし、周囲には酔っ払いもいるから気遣って申し出たが、彼女の機嫌を損ねたのか、眉間に深いシワが寄る。

「追い返そうとしているんでしょう？　そうはいかないわ」

「そんなつもりはありませんよ。あなたは有名人だから目立つ。この辺りをひとりで歩くのは危険だと思ったまでです」

ふたりきりで飲むのは避けたいが、ここに放置して立ち去るのも躊躇われる。もし何かよくないことが起きたら、春奈に顔向けできない。

「さっきから思っていたのだけれど、随分と他人行儀よね。なぜ？」

「なぜって、妻の姉に対して特におかしな態度だとは思いませんが」

そうとは見えないが、かなり酔っているのだろうか。

やたらと絡んでくる姿勢に、疑問を覚える。

「妻の姉と言っても、私の方が年下だし、敬語を使う必要なんてないわ。もっと楽に接してくれたらいいのに。本来は私が亘さんの縁談相手だったのだから、ただの義姉とは言えないしね」

多佳子さんの言葉に含みを感じた。

「それはどういう意味ですか？」

「言葉の通りの意味だけど。真貴田家は本当は私を望んでいたでしょう？　でも当時は私には婚約者がいたから、仕方なく春奈が代わりになったんじゃない」

俺は無意識に眉をひそめていた。両親は縁談を持ち掛ける際、俺の意向だとは伝えていない。

「それは多佳子さんの誤解だ。菱川家から申し出たのは政略結婚。初めにあなたに話が行ったのだとしたら、長女だからだろう」

意識している訳ではないのに、冷たい声が出た。

仕方なくという言葉に苛立ちを感じたからだ。あまりに春奈を蔑ろにした発言だ。

「いえ、父はその認識よ。春奈だって分かってるわ」

どういうことだ？

真貴田家との認識がずれている。いや今はそれより。

春奈が誤解しているというのか？

多佳子さんの代わりに仕方なく選ばれて、見合いをしたのだと。

……いや、そんなはずはない。

春奈には何度も気持ちを伝えているのだから。

プロポーズのときも、結婚式でも、誤解しようもないほどストレートに言葉で伝えた。

ベッドでも惜しみなく愛情を伝えている。

「その認識が間違いだと春奈は分かっていますよ。真貴田先生には後日俺から誤解を解いておきましょう」

多佳子さんの目つきが鋭くなった。しかしすぐに気持ちを切り替えるように、微笑んだ。

「亘さん、私、実は婚約を解消したの。だから、今からでもやり直すことを考えませんか？」

「やり直す？」

一体彼女は何を言ってるのだろう。

「菱川物産の次期社長夫人は、ぼんやりした春奈では務まらないでしょう？　私なら問題なく大役をこなせるわ」

まさか、春奈と離婚して自分と再婚しろと言っているのか？

あり得ない。

「多佳子さん、かなり酔っているようだから、もう帰った方がいい。タクシー乗り場まで送ります」

彼女を鉄道の駅の方面に促そうとする。

「酔ってないと言っているでしょう！　私はただ本来の立場に戻そうとしているだけよ。人の役目は決まっているのだものね」

「……何を言いたいのか分からないが、春奈と離婚するつもりは一切ない。今の話は聞かなかったことにするから、二度と口にしないでください」

春奈の姉だから、勝手な発言も我慢しているが、そろそろ限界だ。

多佳子さんは春奈の気持ちを全く考えず、蔑ろにしようとしている。

妻を傷つける言動だ。

そんなことは許せない。彼女が春奈の姉でなければ今頃冷酷に突き放しているところだ。

俺の苛立ちが伝わったのだろうか。

多佳子さんは口惜しげに顔をしかめ、踵を返し駆け出した。

酔っていると思ったが足元は確かで、後ろ姿はあっという間に小さくなっていった。

「……一体、なんなんだ」

突然現れて、春奈と離婚しろだと？

あまりに非常識な発言だ。

将来有望な弁護士である彼女の言動とは思えない。

俺は溜息を零してから、地下鉄の駅に向かって歩き出した。

——このことは春奈には言えないな。

話せば確実に悲しむだろう。

いや、もしかしたら俺が知らないところで、春奈は心無い言葉をぶつけられてきたのかもしれない。

彼女が傷ついているのなら、慰めて支えたい。

ただ、姉妹仲について実際どうなのか何も知らないだけに、発言は慎重にならなくては。多佳子さんの本心を春奈が知らなかったとしたら、余計な心労を与えてしまうことになる。

春奈に対してどう対応するべきか。

迷いながらスマホを取り出した。

春奈から着信が入っていた。

【亘さん、お疲れさまです。今日は先に休みます。さっぱりしたスープを作ってある

ので、もしお腹が空いていたら温めて飲んでね】

メッセージから彼女の思い遣りを感じ、苛立っていた気持ちがすっと静まる。

同時に、切なさが胸を満たした。

優しい彼女を、苦しませたくない。

そうならないように、俺が防波堤にならなくては。

多佳子さんが何を考えているのかは分からない。

彼女は本心を隠すのが上手いし、口が達者だ。

先ほどは自棄になって感情的な発言をしたように見えたが、それだって計算したものの可能性がある。しかし……。

『私はただ本来の立場に戻そうとしているだけ』

あの言葉は何だったのだろう。

なぜか彼女の本心だったような気がする。まるで手負いの獣が、自分を守るために攻撃するような。

いや……多佳子さんの事情を気にするのは止めよう。

俺は春奈を守ることだけを、考えればいい。

そう決心して、地下鉄の階段を下りた。

五章　隠していた本音

亘さんの姉に対する想いを知ってからは落ち込むことが多かったけれど、清春に相談に乗ってもらったおかげもあり、冷静さを取り戻すことができた。

過去のことを気にしても仕方ない。今の亘さんをしっかり見よう。

まだ完全に割り切れた訳ではないものの、少しは前向きになってきた。

それは亘さんが、言葉でも態度でも優しさを見せてくれるのが大きい。

各地での再開発が活発化して、仕事が山積みだそうなのに、私のことを忘れず大切にしてくれている。

《弁護士の真貴田多佳子先生に解説していただきます》

《よろしくお願いいたします》

朝の報道番組から姉の声が流れてくる。

もうすっかり恒例になった。

今日の姉は上品な白のスーツ姿。相変わらず自信に溢れた表情で、うちから輝いているようだ。

こうして姉が活躍するところを亘さんと一緒に観るのは、まだ少し辛い。

けれど今までずっと見ていた番組を、姉が出演するようになった途端に見なくなったら、亘さんが変に思うだろう。

今も亘さんは姉が話す様をじっと見ている。

眉間にシワが寄った険しい顔をしているのは、今議論している内容が、悪質な詐欺事件だからだろうか。

それとも姉について何か思っている？……いえ、これ以上考えないようにしよう。

今の亘さんは私だけを愛してくれているのだから。

テレビから目を逸らして食器の片付けを再開する。

そのタイミングで、亘さんが急にこちらを向いたから、どきっとしてしまった。

目が合ったものの、咄嗟に言葉が出てこなくて、見つめ合う形になる。

気まずさが漂う中、亘さんが口を開いた。

「そういえば、この前、清春君と会ったと言っていたな」

「あ……そうなの。清春が駅まで来てくれて。ロータリーのところのカフェで話したんだ」

清春の話題が出たのは意外だけれど、姉の顔を見て思い出したのだろうか。

「カフェで？　家に来てもらったらよかったのに」

「清春にあまり時間がなかったから。私の次に人と会う予定があったみたいで、駅の方が都合よかったんだ」

「そうか。彼とは実家に伺ったときも会えなかったし、近いうちに招待したいな」

亘さんと清春はまだまともに話したことがないけれど、私が何かと話題に出すせいか、親近感を持ってくれているようだ。

「うん、言っておくね。清春も喜ぶと思う……多佳子お姉さんにも声をかけないとね」

実家に帰ったとき会っていないのは姉も同じだ。

姉だけ声をかけないのは不自然かと思いそう言った。そのとき亘さんの表情が僅かに変化したような気がした。

「……春奈が招待したいなら声をかけた方がいいな」

すぐに笑顔になったけれど、彼らしくない歯切れが悪い返事だ。

……やっぱり、亘さんは姉に思うところがあるのかな。

今はもう吹っ切れているのだとしても、会うと気まずいとか。

姉の名前を出したのは失敗だったかも。

不自然だって思われても、何も言わなければよかった。

考えに沈み片付けの手が止まっていたからか、亘さんがやって来て食器の片付けを手伝ってくれた。

「亘さん、私がやるから」

専業主婦の私が、出勤前の夫に手伝ってもらうのは気が引ける。

「いや、春奈はソファで休んでいて。少し顔色が悪い」

「え？」

「寝不足だからかもしれないな」

亘さんがそう言いながら目を細める。

「今日はゆっくり寝られるように努力する」

囁くように言われて私はぽっと頬を染めた。

「ほら、座って。まだ時間があるからお茶でも淹れるよ」

「お茶なら私が……」

「気にするな。春奈の疲労は俺が原因なんだから」

甘く微笑まれて、私はときめく胸を押さえながらソファに座り込んだ。

もう……朝からどうしてこんなにドキドキするのだろう。

でも意識しないようにしても、亘さんのせいで昨夜の行為を思い出してしまう。

昨夜だけでなく、最近の彼は情熱的に私を抱く。

すごく優しくて、それでいて激しくて、私はいつもくたくたになる。

愛されている証だと思っていいのかな。

菱川家も真貴田家も後継ぎを望んでいるから、夫婦としての義務を果たしているとも言えるかもしれない。

でもそれだけではなく、愛情を感じるから、私はどんなに疲れても拒まない。

むしろ嬉しくて、彼に身を任せている。

亘さんの温もりに包まれて眠るのが幸せで、もうひとりでは眠れないと思う。

私はやっぱり亘さんが大好きだ。

「お待たせ」

亘さんが温かいハーブティーが入ったカップを手渡してくれた。

「ありがとう」

彼も私の隣に腰を下ろし、同じものを味わう。

「時間は大丈夫なの？」

「ああ、今日は視察先に直行なんだ。多分帰りは遅くなるから夕飯は要らない」

「分かった。忙しそうだけど無理しないでね」

「ありがとう。今週は予定が詰まってるけど、来週は土日両方とも休みが取れそうだ。せっかくだからどこかに行こうか」

亘さんが連休を取れるのは久しぶり。私は嬉しくなってすぐに頷く。

「うん。少し足を伸ばして紅葉を見に行くのもいいかもしれないね」

「そうだな。よさそうな場所がないか聞いておくよ」

「私も調べてみるね」

亘さんは優しく微笑む。

「そろそろ時間だ」

カップをローテーブルに置き立ち上がる亘さんに続いて、私も腰を上げかける。

「春奈はそのままで」

「でも……」

「行ってきます」

亘さんはそっと私の腰を引き寄せ、頬にキスをする。

私に触れる手も口も優しくて、甘やかだ。

私は幸せを感じながら、亘さんを見送った。

「日光《にっこう》もいいかな……それとも自然いっぱいの秩父《ちちぶ》がいいかな」

家事を終えた後のひと休みの時間。

私はスマホで近場の紅葉スポットを検索していた。

来週はちょうど見ごろのようで、美しい景色が期待できる。

少し遠いけど富士山の方もいいかもしれない。でも運転が大変かな……。

あれこれ悩んでいたとき、不意に画面が切り替わり着信を告げた。

清春からだ。

「はい」

「春奈、じいちゃんが倒れた！」

「えっ？」

慌てた声が耳に届き、私は驚き目を見開いた。

「ど、どうして？」

清春が〝じいちゃん〟と呼ぶのは、母方の祖父のこと。私も幼い頃から変わらず、おじいちゃんと呼んでいる。

今年六十三歳になるけれど、小さな割烹《かっぽう》料理の店を切り盛りして、健康そのものの様子だったのに。

「分からない。酷い腹痛を訴えている」

「病院には行ったの？」

「もう着いて今検査してる。ちょうど俺がいたときだったから車で連れて来たんだ」

「そう……それならよかった」

私は少し緊張を解き息を吐いた。

心配だけど、お医者様に診てもらっているなら、これ以上悪化はしないはず。

「母さんに連絡したらすぐに来るって」

「私も行くよ。病院教えて？」

「ああ。台東区《たいとうく》の……」

私は病院名をメモすると、急ぎ身支度を整えて家を出た。

ちょうどホームに停車中だった電車に飛び乗り、亘さんにメッセージを送っておいた。

清春の電話から一時間ほどで病院に着いた。

祖父はまだ検査中のようで、清春は不安そうな顔で待合室の椅子に座っていた。私に気付くと、ほっとしたように表情を和らげる。

「春奈。早かったな」

「乗り換えが上手くいって意外と早かった。お母さんは？」

「母さんはまだだ。電話したとき話し辛そうにしてたから、来客中だったのかもしれない」

「そう……伯父様たちが来てたのかな」

そうだとしたら、お客様を置いて出てくるのに苦戦しているかもしれない。

自分の親の緊急事態にまで遠慮する必要はないと思うけど、伯父たちの考えは私たちとは違うから、引き留める可能性がある。

母が不在な分、私たちがしっかりしないと。そうは思うものの、動揺が収まらない。

「おじいちゃんはまだまだ元気に見えたけど、持病があったのかな？」

「さあ。俺が見た限りでは弱ってる様子はなかったけどな。病院嫌いでもう何年も医者に診てもらってないみたいだ。健康診断を受けていたのかすら怪しい。もっと気をつけておけばよかった」

清春は無念そうに顔をしかめる。

「それは仕方ないよ。離れて暮らしているんだし、気をつけるにも限界があるから」

「でも、じいちゃんがすぐ無茶をするのをよく知ってたのに……どうして体調不良に気付いてやれなかったのかって、後悔するよな」

「清春は十分自分ができることをきちんとやっていると思うよ」

「……そうだな」

なんでもそつなくこなし飄々《ひょうひょう》としている清春が弱音を吐くなんて珍しいけれど、それだけ祖父を心配しているということだよね。

清春は昔からおじいちゃん子だったから。

「おじいちゃんがひとりでいるときに倒れなくてよかったよ。運よく清春がいたときでよかった」

「ああ。でも俺がいたのは偶然じゃない。最近は頻繁にじいちゃんの店に通って手伝わせてもらってるんだ」

「そうなんだ……でも大丈夫なの？」

私は心配になり眉をひそめた。

父は清春が母の実家に頻繁に顔を出すのを、よく思っていないのに。

清春は真剣な表情で頷いた。

「大丈夫じゃないだろうけど、俺だってよく考えた末の行動なんだよ。俺はじいちゃんの後を継いで料理人になりたい。今日でその気持ちが明確なものになった」

「うん、分かってる。でもお父さんは、清春が料理人になることを許さないでしょう？　今まで何度訴えても真剣に受け止めようとしないんだから。どうすればいいのか……」

父は清春が幼い頃から後継ぎとして育てていた。長期の議員生活で培った知識だって惜しみなく伝えている。

そんな清春が国会議員の道を捨てて、町の小料理屋の板前になる。

その決意が本気で、行動にまで移していると知ったらどれほどショックを受けるだろう。

激怒して大きな声に怒鳴る程度では済まない。ぎりぎりに保っていた平和が崩れるし、きっと親族も出てきて、真貴田家は大騒ぎになる。

その様子が目に浮かぶ。清春も同じようなことを考えているのか、ふたりとも無言になってしまった。

しばらくするとおじいちゃんの検査が終わったようで、病院のスタッフが呼びにきた。

私と清春は案内された部屋で、検査を担当してくれたお医者様の説明を受けた。

「十日も入院だなんて、じいちゃん起きたらショックを受けるだろうな」

先生の説明を受けて、おじいちゃんの病室に向かう途中、清春が溜息交じりに呟いた。隣を歩く私も頷く。

「うん。でも今回は仕方ないよ」

検査の結果は腸閉塞だった。命に係わる状態ではないが、入院治療が必要になるそうだ。

十日間と言うのは目安で、病状によっては伸びることもあるらしい。

手術や長期入院にならなくてよかったけれど、祖父はお客さんをがっかりさせたくないと言い、休業日以外は休まずにやって来た。

三年前に、長年連れ添った祖母が亡くなったときに一週間休んだだけだ。

お店は祖父と、もう何年も働いていてくれる板前の兼田《かねだ》さん。それから近所に住むパートさんで回している。

小さい店だから普段はそれで十分だけれど、こうして祖父が抜けると、当分の間営業するのは難しいだろうな。

病室は四人部屋で、祖父は窓側のベッドに、点滴に繋がれた状態で眠っていた。

向かい側のベッドの周りにはカーテンがかかっている。静かだから眠っているのだろうか。

ドア側のベッドは二台とも空いているようだった。

祖父とは結婚式で会っているけれど、沢山の招待客がいた結婚式ではまともに会話ができなかったから、すごく久しぶりな気がする。

目を閉じて眠る祖父は思っていたよりずっと小さく見えた。顔色も悪く、先生からは大丈夫だと言われているものの、心配になる。

「目を覚ましそうにないね」

「そうだな。でも痛みで唸っている姿を見るよりはいいよ」

「うん」

清春はそれきり黙り祖父を見下ろしている。端正な横顔から考えはなかなか読めないけれど、かなり思い詰めているのは分かる。

しばらくすると、母が駆けつけた。

先生から受けた説明をメッセージで送っておいたから、命に関わる病気ではないと分かっているはずだけれど、それでも相当慌てている様子が見て取れる。

祖父を見た母は、ショックを受けたように手で口を覆った。

「……清春、春奈」

母が私たちを廊下に促した。

数メートル先に入院患者と見舞い客がゆっくりできる休憩スペースのようなところを見つけ、空いていたテーブル席に腰を下ろした。

「母さんは温かい方がいいよな」

「あ、そうね」

清春が自販機で三人分のコーヒーを買ってくれた。

プルトップを引き、一口飲む。このときかなり喉が渇いていたのだと気が付いた。

母もひと息ついたのか、細く長い息を零した。

「お父さんが倒れるなんてね……健康だけが取り柄だっていつも言ってたのに」

「先生が言うには、誰にも起こりうる病気だって。幸いおじいちゃんの症状はそれほど重くないから手術も必要ないそうだよ」

私が医師の言葉を伝えると、母が深く頷く。

「そうね。でもお父さんももう年だから、無理はしないように言わなくちゃ。私の話なんて聞いてくれるか分からないけど」

「おじいちゃん、頑固だものね。でもみんなでなんとか説得しよう。ね、清春」

「ああ。でも今はそれよりじいちゃんが入院中のことを考えないと」

私と母の話を黙って聞いていた清春が、深刻な声音で言った。

「身の回りのお世話のこと？　三人で交代ですればいいんじゃないかな」

「それは当然だけど、俺が言いたいのは店のことだ」

「それは休業するしかないでしょ？　兼田さんとパートさんにもその間は休んでもらって……お給料は払わないといけないけど、お父さんがそういったときのための保険に入っていたはずよ」

お母さんが、考えを纏めるようにゆっくり言う。

私もそれしかないと思った。

「いや、休業しない方がいいと思う」

「えっ？　それは無理でしょう？」

清春の言葉に、母が驚きの声を上げた。

私は戸惑いながら、ふたりを交互に見る。

清春は迷いのない表情で口を開く。

「個人経営の飲食店が十日休業するのはダメージが大きい。収入がなくなっても人件費と固定費は発生するし、客が他の店に流れてしまう心配もある。入院期間が長引く可能性だってある訳だし、店は開いていた方がいい」

清春の言い分はもっともだと思った。

「でも、おじいちゃんがいなくて料理の提供ができるの？」

「兼田さんがいるだろ？　基本メニューだけにして季節ものはしばらく中止にしたらいける」

「それだと兼田さんの負担が大きすぎるんじゃない？」

いくらおじいちゃんが信頼している板前さんだと言っても、今までふたり体勢でやっていたところをひとりになるなんて。

「だから俺がヘルプに入るつもりだ」

「でも皿洗いと料理を運ぶくらいじゃ、兼田さんの負担はあまり減らないわよ」

母が清春を、やんわり窘める。

「……母さんには言ってなかったけど、一年前からじいちゃんの手伝いをしてたんだ。料理も仕込んでもらってる。兼田さんの補助くらいならできるよ」

「う、嘘でしょ？　一年前からって、あなたそんなことひと言も言ってなかったじゃない！」

母はかなり驚いたようで、テーブルに手をついて身を乗り出した。

「母さんだけじゃなくて春奈にすら言ってなかった。ふたりはすぐに顔に出るから、父さんにばれて大騒ぎになりそうだし」

う……それは否定しきれない。

「それにふたりとも、余裕がなかっただろ？　余計な心配をかけたくなかった」

「清春……」

多分私が頼りないから、何も相談できなかったんだ。

私は双子の姉だというのに、いつも自分の境遇を嘆いてばかりだった。

かろうじて母については気を配っていたけれど、清春については何も心配していなかった。

彼は強くて、何でもできるように見えたから。

でもそれは違っていたんだ。どんなに優秀な人にだって悩みはある。

私はそんな当たり前のことにも気付くことができなかった。

「……清春ごめんね。今まで何の力にもなれなくて」

「いいって。春奈と母さんが大変なのは分かってるからさ。落ち込む暇があるなら、これから協力してくれよ」

「う、うん……」

「ええ」

私とお母さんは同時に頷く。

「それじゃあ私と春奈で病院に通うことにして、清春はお店の方ね」

「ああ。でも俺もときどき病院に顔を出すよ。多分店の様子を報告しろって言われるから」

確かにおじいちゃんなら、自分の病状よりもお店の心配をしそうだ。

「俺のことより母さんは通えるのか？　実家からは結構距離があるし、父さんや親戚連中がうるさいだろ？」

父は母になるべく在宅するように言っている。真貴田家は急な来客が結構あるので、その対応が必要になるからだ。

「さすがにお父さんのお見舞いにまでは、文句を言われないと思うけど。事前に伝えておけば大丈夫じゃないかしら」

母はそう言いながらも、自信がなさそうだ。

「お母さんは無理しないで。私がまめに通うよ。自宅からそれほど遠くないし、亘さんは理解してくれるはずだから」

「確かに亘さんなら大丈夫だな。父さんの十倍は器がでかそうだし」

清春が腕を組みながらしみじみ言う。

「清春、そんなことお父さんに聞かれたら大変だよ」

「たまには事実を突きつけた方がいいんだよ。そのうちはっきり言わないとな」

「それはちょっと……」

絶対修羅場になりそうだ。考えると恐ろしい。

祖父の入院中は、問題にならないように私も気を付けなくては。

それから今後の予定について話し合ってから、私は先に病院を出た。

明日から忙しくなるだろうから、食材などを纏め買いして、料理の作り置きをしておくつもりだ。

駅前のスーパーで買い物袋ふたつ分の食材を買い、帰宅した。

アイランドキッチンに買ってきた材料を広げて、料理を始める。

ひじきの煮物などの副菜三種に、チキンステーキなどメインになるものを三種類。

サラダと煮卵などを一気に作っていると、あっという間に時間が過ぎて亘さんが帰って来た。

「春奈、お祖父さんが入院したって。大丈夫なのか？」

亘さんはちゃんとメッセージを読んでくれたようだ。

「十日くらい入院は必要だけど、よくなるって。亘さん、心配して早く帰って来てくれたの？」

「ああ。何か手伝えることがあるかもしれないと思って」

亘さんは私の説明にほっとしたようで、緊張していた表情を和らげた。

それからキッチンの様子を見て、少し驚いたような顔をする。

心配して帰って来たら、大量の料理中で拍子抜けしたのかもしれない。

「亘さんありがとう。それからこれは明日から毎日お見舞いで忙しくなりそうだから作り置きをしていたの」

説明をしている途中ではっとした。そういえば……。

「今日の夕食を作ってない！」

私ってば一体何をやっているの？

慌てる私に、亘さんがくすっと笑った。

「春奈が一生懸命作ってくれた作り置きを、少しずつ食べるのはどう？」

「それでいいの？」

「もちろん。どれも美味しそうだ」

「分かった。それじゃあすぐに準備するね」

「ああ、頼むよ」

亘さんがシャワーを浴びに行っている間に仕上げをして、白い大皿に作った料理を少し取り分けて盛り付ける。

意外と豪華なワンプレートディナーが出来上がった。

盛り合わせプレートは予想以上に好評で、亘さんの食がいつもより進んでいるくらいだった。

「春奈は本当に料理上手だな」

亘さんがしみじみ言った。

「本当に？」

「いつも美味しい食事を用意してくれてありがとう。感謝してる」

亘さんは些細なことでも口に出して褒めてくれる。だからやる気が湧いてきてもっと頑張ろうと思うのだ。

「そう言ってもらえると嬉しい」

照れながら言うと、亘さんが優しく微笑む。穏やかな空気が流れるこのひとときが愛おしい。

食事を終えてお茶のお代わりを淹れようとすると、亘さんが表情を引き締める。

「明日から病院に通うんだよな？」

「そうしたいと思ってる。日中は家を空けるけど、亘さんに迷惑がかからないようにするから」

「俺のことはいいんだ。それより春奈が無理をしないか心配だ。フォローするから遠慮しないで頼ってほしい」

亘さんの真摯な言葉に、温かな気持ちが込み上げる。

「ありがとう。でも亘さんは仕事があるでしょう？　こっちは大丈夫だから……」

「俺たちは夫婦で、お互い支え合うのが当然だ。こんなときに頼りにしてもらえない方が情けない気持ちになる。だから俺には距離を置こうとしないでほしい」

亘さんの言葉ではっとした。過剰な気遣いは、逆に失礼になる場合もあるのだと。

「亘さんの言う通りだよね……私、迷惑をかけないのが一番相手のためになるって思い込んでいたみたい」

多分両親の影響が大きいのだろう。父が母を支える姿なんて見たことがない。

いつだって支えるのは母で、父は好き勝手にやっていたから。

でも亘さんは父とは違う。

「きついと思ったら亘さんに頼らせてもらうね」

笑顔で告げると亘さんは嬉しそうに頷いた。

翌日から病院通いがスタートした。

「十日も入院なんてできないぞ。早めに退院できるように頼んでくれ」

昨日は眠ったままで大人しかった祖父は、治療を受けて痛みが和らいでいるのか、すっかり元気になっていた。

六十代前半だけれど、年齢より若く見えるためか、病人らしさを感じない。

と言っても、一晩寝たくらいで治る訳はない。ただ薬のおかげでよくなったように見えるだけだ。

私は今にも起き上がりそうなおじいちゃんを、ベッドに押し戻す。

「それは駄目だよ。きちんと直さないと悪化したり再発するかもしれないでしょ？それにずっと働き通しで疲れているだろうから、この機会にゆっくり休んで」

「そうは言っても店はどうするんだ？」

不満そうに大きな声を上げる祖父は、怒っているというより不安なのだろう。

「おじいちゃん、ここは病院なんだから静かにしないと、他の患者さんに迷惑になっちゃうよ？」

人様に迷惑をかけることを何より嫌う祖父は、はっとしたように口を噤む。

「お店は兼田さんに任せよう。長く働いて信頼できる板前さんなんだから大丈夫だよ」

「信頼はしてるが、ひとりじゃ厳しいぞ」

おじいちゃんが、小声で反論する。

「だから清春が手伝うって。最近はおじいちゃんにいろいろ習っているんでしょう？　清春は元々要領がいいから、なんとかなるよ」

楽観的な発言な気もするけれど、悲観的になってる祖父には、これくらいの方がいいと思う。

「……確かに清春なら任せられるが、鉄鋼会社の仕事があるだろう」

「そこは、なんとかするみたいだよ」

「大丈夫なのか？　……まあ、あいつなら上手くやるのか」

祖父の清春評価は高いらしく、更にトーンダウンした。

「うん、上手くやるよ。お見舞いには私が来るから、おじいちゃんは治療に専念してね」

安心させたくて言ったのだけれど、祖父の顔がたちまち曇った。

「春奈は結婚したばかりだろう？　毎日なんて来なくて大丈夫だ」

「大丈夫。亘さんにはちゃんと事情を話して理解してもらってるから。家事もあまり手を抜いてないよ」

「あまり手を抜いてないって、こなせていないってことじゃないのか？　不安しかないぞ」

祖父の眉根が寄る。

残念ながら私の能力の評価は低めみたい。清春とは対照的だ。

「結婚してあの家を出られたんだから、もう無理をしなくていいんだよ」

でも私のことを思って心配してくれているのだと知っているから、怒れない。

祖父は真貴田家での私と母の立場に気付いていて、昔からずっと心配してくれいていた。

でも親戚付き合いは最低限に留めていて、姉はもちろん父ともあまり交流を持っていない。

多分、祖父は父に対して怒っているのだろう。

元々母と父の結婚には大反対していたそうだ。

生活習慣や考え方の違いが大きいと分かっていたからだと思う。

結局幸せと言えない生活を送っている母をとても心配し、かと言って口出しもできないため行き場のない怒りを抱えているみたいだ。

「おじいちゃん。亘さんはすごく思い遣りがあって優しい人だよ。毎日お見舞いに通いたいって言ったら、すごく親身になってフォローするって言ってくれたの」

お父さんとは違う。でもそれは口にしなかった。

「できた人だな。偉い男前だったよなあ……確か大きな会社の後継ぎなんだろ？」

祖父は腕を組み、天井を見上げる。

亘さんの顔を思い出しているのだろう。

祖父は、結婚式に出席したけれど、真貴田家の親族内では蚊帳の外にされてしまっていた。

だから、亘さんとも挨拶しかしていない。

「今度一緒に来てもいい？　おじいちゃんにちゃんと紹介したから」

「仲良くしてるみたいだな。春奈がそうしたいなら連れて来なさい」

「うん。亘さんのこと、おじいちゃんも気に入ると思うよ。本当に優しくて昨日は私の料理を褒めてくれたの」

「春奈の料理を？」

疑うような目のおじいちゃんに私はむっと頬を膨らませる。

「私も結構上達したんだから」

「本当か～？」

世間話をしていると、あっという間に時間が過ぎた。

今日は検査などはないようで、簡単な診察と投薬くらいのようだ。

入院一日目なので、まだ洗濯物などはない。私は病院内の売店で必要そうな物を購入してベッド脇の引き出しにしまうと、病棟を出た。

あまり長居したら、祖父がゆっくり休めないかもしれないから。

外に出て病院の敷地内に空いてるベンチを見つけて腰を下ろした。

入院患者らしき人が日光浴をしている姿を横目に、バッグからスマホを取り出した。

清春と話したいけれど時刻は午後三時で仕事中のため、メッセージを送る。

【お疲れさま。今、おじいちゃんの病院を出たところ。今日は元気そうだったよ。お店のことを聞かれたから、清春が手伝うって言っておいた。お母さんは来ていないから、家を出られなかったのかもしれない】

報告を終えて、次は亘さんに連絡しようかなと考えていると、ぶるっとスマホが振動した。

画面には清春からの着信が表示されている。

「わっ、早い……」
こんなにすぐに反応があると思わなかったから驚いた。
「はい」
《今ちょうど、春奈に電話するところだった》
「そうなんだ。タイミング合ったね」
《昨日、少し揉めてさ。それで今日母さんが出られないんだよ》
出先なのか、清春の声と共に騒めきが聞こえてくる。
「揉めたって、お父さんが何か言ったの？」
《昨夜父さんが帰って来たから、じいちゃんのことを一応報告したんだよ》
「うん。それでお父さんは何て？」
揉めたということは、否定的な発言をされたのは予想がつくけれど。
《母さんが病院通いをするのに反対なんだよ。最初は渋々納得してたけど、入院十日で手術もなしって言ったら、それなら毎日通う必要はないだろうって言い出してさ。母さんに頼みたいことがあるみたいだ》
父は今、秋の臨時国会会期中で基本的には東京のマンションで過ごしている。
だから地元の関係で用があるときは、母に任せたいのだ。

用件は来客対応や、父の代わりの訪問など。主に人との交流だ。

母はあまり社交的ではないから苦手な分野だが、代議士と結婚した以上、避けては通れない。

「まあいつものことなんだけど、昨夜は珍しく母さんが反論してさ。その態度に切れた父さんが怒鳴って大喧嘩」

「うそ……」

父が怒鳴るのは容易く想像できるけれど、母が父に反抗するなんて驚きだ。

自分の親の健康問題がかかっているから、黙っていられなかったのだろうか。

それともこれまで溜まったストレスが爆発してしまったとか？

《元々父さんの機嫌が最悪で、タイミングが悪かった。俺が間に入ったけど収まらなくてさ。あまりに酷い言い様だったら俺も頭に来てさ。政治家になるつもりはない、料理人になるって宣言しておいた》

「は？　宣言しておいたって……」

さらっと報告された衝撃的な内容に、私は固まった。

だって、そんなことを言ったら父がどんな反応をするのか、想像するのも恐ろしい。

「じいちゃんと店をあまりに軽く見た発言だったから、許せなかった。もういいやと思ってぶちまけたんだけど、母さんが俺の味方をし始めて、ますます拗れてさ、大変だったよ」

「そうだろうね……」

清春はなんでもないように軽い口調で言ってるけれど、その場にいたら険悪さで息苦しさすら感じたと思う。

《そんな訳で春奈はしばらく実家に顔出すなよ。絶対巻き込まれるから》

「でも、お母さんは大丈夫なの？」

《開き直ってるからしばらくは大丈夫。どちらかと言うと父さんがやばい》

「お父さんが？」

《母さんに反抗されたのがショックだったみたいで、茫然《ぼうぜん》としてる。国会があるから、すぐに出て行ったけど、気が気じゃないんじゃないか？》

私はなんとも言えない気持ちになった。

あれだけ威張って昭和の亭主関白を体現していたというのに、母がそっぽを向いた途端弱気になるなんて。

それなら初めから大切にしてあげたらよかったのに。

「お父さんはこの機会に反省した方がいいね。清春は大丈夫？　かなり怒られたんでしょう？」
父の清春に対する期待の大きさを考えると、激怒じゃ済まない。
《揉めるのは覚悟のうえだから。今日から早めに仕事を終えて店に行くつもりだ》
「仕事は大丈夫なの？」
《家族が入院したから、しばらくリモート併用勤務でって交渉した。まあでもじいちゃんが退院したら今後についてもう一度考えるよ》
「うん、そうだね」
今後のことと言うのは、清春が政治家になる話ではなく、今勤めている鉄鋼メーカーの仕事をいつ辞めるかについてだろう。
《他には報告しておくことあったかな》
「あ、あの……喧嘩中、多佳子お姉さんはどうしてた？」
清春の話には一切出てこないけれど、派手に揉めているのに気付かない訳がない。
《不在だった。最近帰って来ないんだよ》
「そうなの？」
意外だった。姉は多忙な中でも、連日帰宅しないなんてことはなかったから。
《たまには帰って来てるのかもしれないけど、俺は見かけてない》

「どうしてか知ってる？」

《さあ。忙しいんじゃないか？　朝の報道番組にレギュラー出演してるみたいだし》

清春はあまり関心がないようだった。姉の件まで気にしている余裕はない状況だから、仕方ないか。

その後、すぐに電話を切った。

祖父の入院をきっかけに、実家では大きな変化が起きている。

それまで不満を持ちながらも維持してきた形態が脆《もろ》く崩れていく。そんな気がした。

祖父が入院してから、五日が経過した。

私は毎日、母は一日置きに通っている。

父の反対を押し切ってやって来る母は、なんとなく強くなったように見える。

清春のお店の手伝いも順調だそうだ。

ただ祖父の入院期間が延びてしまった。

十日の予定が取り敢えず、二週間となった。まだこの生活は続きそうだ。

でも私の負担はあまりない。毎日病院に通うのは大変ではあるけど、亘さんがすごく気遣ってくれるから。

今日は仕事が早く終わったそうで、お見舞いに来てくれた。

「亘君、よく来てくれたね」

祖父が笑顔で亘さんを迎え、亘さんはお見舞いに来るのが遅れたことを、申し訳なさそうに謝っていた。

「もう少し早く伺いたかったのですが」

「気にしないでいいんだよ。仕事が忙しいのは春奈から聞いてるからね」

私が散々亘さんのよいところをアピールしている効果が出ているのか、かなり好意的だ。

少し談笑すると、祖父はしみじみとした様子で言った。

「……春奈の結婚相手が亘君でよかったよ。よくしてくれていると聞いている。ありがとう」

「僕の方こそ、彼女と結婚できて幸運だと思っています。この先も彼女を大切にしますので安心してください」

「頼りにしているよ」

祖父が嬉しそうに微笑む。

亘さんと祖父が仲良くしている光景を目にしていると、私も温かな気持ちになった。

面会時間の終了で病院を出たのは午後八時だった。

久しぶりに外食をしようということになり、以前デートで寄ったイタリアンに入った。

ロマンチックにライトアップされた中庭が見渡せる窓際の席で、食事と会話を楽しみしばらくすると、亘さんが少し気まずそうに切り出した。

「こんなときに申し訳ないんだが、明後日から一週間ほど出張に行かなくてはならなくなった」

「そうなんだ……どこに出張するの?」

「北海道《ほっかいどう》だ。新しいプロジェクトの責任者を務めることになった」

亘さんが言うには、北海道のある町を再開発するのだとか。

私は詳しいことは分からないけれど、以前私の地元をしっかり視察して住民の意見を聞いていたように、精力的によい環境を作る取り組みをするのだろう。

「分かった。私のことは大丈夫だから、頑張って」

あのときは、取るに足らないような私の話を聞いてくれて嬉しかったな。

私にとってはよい思い出だから、彼と共有したいけれど、姉のふりをしていたときのことだから話せないのが残念だ。

「連絡はつくようにしておくから、いつでも電話してほしい」

「うん、ありがとう」

「何もなくても連絡してきていいから」

「分かった」

笑顔で答えると、亘さんはほっとしたように表情を和らげる。

「メッセージも送ってほしい。そうしたらやる気が上がりそうだ」

「ふふ……もちろん毎日送るよ」

亘さんが私のメッセージを待ってくれていると思うと嬉しくなる。

私たちは見つめ合って微笑み合った。

その夜は久しぶりに彼に抱かれた。

一週間離れると分かっているからだろうか。

亘さんはいつもよりも時間をかけて私の体に触れて、すっかり疲れ果ててもなかなか離してくれなかった。

でも私も彼に抱かれるのが嬉しくて、本気で拒否できないのだけれど。

長い時間お互いを求め合って迎えた朝、私はぐったりしてしまい、反省した亘さんにひたすら謝られたのだった。

六章　姉妹の大きな溝

亘さんが出張に出てから四日が経った。

結婚してからこんなに長く離れたのは初めてだったけれど、約束通り、毎日連絡を取り合い、その日の出来事を報告し合っているため、それほど寂しさは感じない。

一緒に住んでいると長時間電話で話す機会はあまりないから、新鮮でもあった。

ベッドに横になりながら、受話器越しに亘さんの声を聞くと幸せを感じる。

亘さんの冗談に笑っているとき、ふと思い出した。

「そうだ。さっきお父さんから連絡があって、次の週末実家で食事会をするから亘さんにも来てほしいって」

久しぶりに電話をしてきたと思ったら、一方的に用を話して切られてしまったので詳細は分からない。でも決定事項なのは確かだ。

「分かった。スケジュールの調整をしておくよ」

亘さんは躊躇いなく了承してくれた。

「もしかしたら気まずい感じになるかもしれないんだけど」

清春からの情報によると、あれから父と母の関係は改善しないままの状況が続いているそうだ。

心配で病院で会ったとき母に聞いてみたけれど、大丈夫と言って相談してくれない。娘に気を遣わせないようにしてくれているのかもしれないけれど、その頑なな態度は、何かを決意したことが表れているようで余計に不安になる。

そんな、かつてないほどに長引き拗れている真貴田の揉め事に、亘さんを巻き込んでしまうと思うと胃が痛い。

かと言って誘わずにいて後で知られたら、父からも亘さんからも怒られてしまうだろう。

だから正直に告げたのだけれど……無事に終わるのか心配だ。

「春奈に聞いてある程度の事情は察しているから大丈夫。上手く合わせるよ」

まあ、亘さんなら上手く対応するだろうけど。

「話は変わるが明日の夜接待になったんだ。連絡ができないけど心配しないでほしい」

「接待？　大変そう……頑張ってね」

「ああ。頑張るよ」

もう恒例に感じる寝る前の電話がないのは寂しいけれど、仕事なら仕方ない。

一週間の出張も折り返し地点を過ぎたのだから、あと少しだ。

早く亘さんが帰って来ないかな。やっぱり直接顔を見て話したいから。


翌日の午前八時過ぎ。

アイロンがけをしていると、スマホが鳴った。

画面に表示される〝多佳子お姉さん〟の文字に私の体は強張った。

姉とは結婚してからずっと会っていない。

一度電話はきたけれど、かなり前のこと。

最近は姉からの電話はなかったし、私も姉のことを考えないようにしていた。

考えるとどうしても亘さんと姉の関係に思考が向かってしまうから。

亘さんと前向きな気持ちで夫婦を続けていくためには、姉のことを考えないのが一番だった。

だからと言って、姉からの着信を無視はできない。

こんな時間に連絡をしてきたのは、急用だからかもしれないし。

もしかしたら、父と母が揉めている件かな……。

胸騒ぎを感じながら、画面をタップする。

「……はい」

「春奈？　なかなか出なかったけど、外出中なの？」

責めるようなきつい声が耳に飛び込んできた。

久しぶりだというのに挨拶すらないのは、姉らしいと言えるのかもしれないけれど。

「多佳子お姉さん、久しぶりです。今は家だけど……」

「そう。まあ、いいわ。春奈今夜、時間ある？」

「今夜？　あの、何かあるの？」

姉はいつも用件を言わず私の予定を確認したがるから、返事が難しい。

「実は春奈に頼みがあるのよ」

「あの、どんな？」

嫌な予感が込み上げる。

また身代わりを頼まれるのかな。それとも厄介な用事？

いつも断り辛い話の進め方をされて、頷くしかない状況に追いこまれるから、この先を聞きたくないと思ってしまう。

でも、それははっきりノーと言えない私にも原因があるんだろうな。

もし理不尽な頼み事だったら、今日こそはっきり断らなくちゃ。

警戒する私に、姉はさらりと言った。

「今夜あるパーティーに参加する予定だったんだけど、急な仕事が入っちゃったのよ。だからパーティーには春奈が参加してくれない？」

「……それは多佳子お姉さんのふりをして参加しろということ？」

もし妹を代理に、という話なら協力してもいいと思った。姉は多忙な弁護士だから、急な仕事で困るというのは仕方がない。

でも、また姉の身代わりを頼まれるのだとしたら……。

「そうよ。私の名前で、以前のように私だと誤魔化せるようにメイクしてね」

「……それはできないよ」

私は震える声で断りの言葉を口にした。

「でも多佳子お姉さんの代理で、私が出席するのなら協力する」

拒否するのはとても勇気がいるけれど、もう二度と身代わりはしたくない。

結婚して家を出たら絶対にやらないと決めていたのだから。

「どうしてよ。出席するのならどちらの名前でもいいでしょう？」

でも姉は私の気持ちが分からないようで、不満そうな声を上げる。

「どちらでもいいなら、私の名前で参加でもいいんじゃないの？」

「……」

私が珍しく言い返したからだろうか。姉が黙り込む。

「多佳子お姉さん……身代わりで何かするって、人を騙すことになる訳だし、私も存在を無視されているようで、すごく嫌な気持ちになるものなの。本当は前から辞めたいと思ってた」

姉に対してこんなに正直に気持ちを伝えるのは初めてかもしれない。

気まずい沈黙が流れる。

「存在を無視されるね……」

しばらくすると、姉の声がした。

怒っていると思っていたのに、感情のない声で逆に不安になる。

どうしよう。嫌だってはっきり言いすぎた？

「まさか春奈がそんな風に思っていたとはね。驚いたけどあなたの気持ちはよく分かった」

どうしてだろう。姉の口調は淡々としていて攻撃的という訳でもないのに、私たちを隔てる大きな壁ができたような気がする。

「でも今回だけはお願い。どうしても外せない用事なのよ。次からは絶対に身代わりなんて頼まないから今回だけは助けて、この通りよ」

今までの姉からは考えられない態度に、私は驚いて咄嗟に言葉が出てこなかった。

まさかこんな風に懇願するなんて。

それほど困っているということなのかな……。

「今回までだって約束してくれるなら」

姉は私が断るとは思っていなかったはずだ。私がちゃんと宣言していなかったから当てにしてしまっていた。

次からはもう頼まないと約束してくれたし、今回だけは協力しよう。

そう思って了承した。

すると姉のたちまち姉の声が弾んだものになる。

「ありがとう、助かったわ！　では七時にお願い。詳細は送っておくから」

姉は早口でそう言うと電話を切ったのだけれど……なんだか違和感がある。

今後代理はしないと宣言したというのに、怒っていないなんて。

はっきり断ったことで、私の気持ちを分かってくれたと思っていいのかな？

でも……どうもすっきりしないのは、神経質になりすぎだからなのか。

釈然としなかったけれど、いくら考えても姉の考えなんて分からない。

それよりも急いで家事を終わらせなくちゃ。

予定外の用事が入ったから、今日は忙しくなる。

私は気がかりを胸にしまい、手早くアイロンがけの続きをした。


祖父のお見舞いを早めに終えて自宅に戻り支度をした。

姉風のメイクをするのは久しぶり。

目を大きく見せるために目じりを上げて、鼻筋と頬はすっきり見えるように。

三十分以上かけて姉の雰囲気に近付けて、持っている中で一番華やかなワンピースに着替える。

鏡の前で全身をチェックした。うーん……いつもより少し地味かな？

姉の服とアクセサリーを借りられたらよかったんだけど、急なことなので仕方がないか。

スマホに送られてきた会場案内を見て向かう。

場所は有名ホテルなどではなくて、聞いたことがないところだった。

調べると普通のイタリアンレストランのようだけど、こういった場所でパーティーを開催しているとは知らなかった。

姉のメッセージには、仕事関係の交流会と書いてある。法律関係の仕事をしている人たちが集まるのかな。

ぼろが出ないように挨拶をしたら帰っていいそうだけど、なんだか不安。

マップを確認して辿り着いた会場は、写真で見たよりも雰囲気のある洋館だった。

重厚な扉を押し開き入店する。入り口近くのカウンターが受付で、姉の名前を言うと、すんなりと通ることができた。

パーティー会場は中央に大きなスペースがあり、壁際にはソファが配置されている。テーブルの上には料理とドリンクが数種類並んでいた。

ざっと見て二十人くらいの人が集まっているようだ。

年齢は二十代前半から四十代くらいまで幅広く、男性と女性がちょうど半数といった印象だ。男性はスーツが多く女性は私のようなワンピースが目立つ。

私は違和感を覚えた。

以前一度だけ、企業のレセプションパーティーに出席したことがあるのだけれど、そのときと雰囲気が全く違っている。

なんとなく、仕事の一環として集まった人たちには見えないのだ。

この集まりって本当に仕事関係の交流会なのかな？

疑問を持ちながら、私は会場内を見回した。

主催者に挨拶をしてから、様子を見て帰るつもりでいるのだけれど、主催者らしき人は見当たらない。

皆、私のように様子見をしているか、近くにいる人と会話をしている。

中には連れだってソファに移動する人もいた。

でも積極的に仕事の情報交換している様子はなく、なんだかこそこそ話している。

怪訝に感じていると、いつの間にか男性が近付いてきていて声をかけられた。

「こんばんは」

見ると、三十代後半に見える男性が佇んでいた。

「こんばんは、初めまして」

男性が微妙な表情になる。私の反応がおかしかったのかな。

「樫木《かしき》と言います」

名乗りながら、名刺を差し出された。

「真貴田と申します。すみません、今名刺を切らしていまして」

苦しい言い訳をしながら、受け取った彼の名刺を素早く確認する。

〝ラッキーパラソル一番館　代表取締役〟と書いてあった。

頭の中に疑問が浮かぶ。

全く聞き覚えがない社名だ。何の会社なんだろう。名前の通りパラソル製造業だとか？

「今日は、どなたの紹介でいらしたんですか？」

私は戸惑い瞬きをした。普通は主催者に招待されるものではないの？

「いや、野暮な質問でしたね」

何が野暮なのかは知らないけれど、返事をしかねていたら、勝手に納得してくれたようでよかった。

「真貴田さんはどのような仕事を？」

驚くことに、この人は姉のことを知らないようだ。法律業界の人なら直接話したことがなくても、顔と名前くらいは知っていると思っていたのに。

「弁護士をしています」

嘘をつく瞬間は、毎回胃がきりきりする。

「弁護士さんでしたか！　これはついてる！」

ついてる？　一体何が？

「向こうに移動しませんか？」

「……いえ、私はここで」

やけに馴れ馴れしい男性が、どうにも怪しく思える。

私は警戒心マックスで、彼から距離を取ろうとした。

それなのに、いきなり腕を掴まれてしまう。

「どこに行くんですか？　勿体ぶらないでくださいよ」

「も、勿体ぶる？」

どういう意味？

一体何を言っているのか。ますます混乱する私に、男性がにやりとしながら口を開く。

「これは〝そういう集まり〟だって知っているよね？」

耳元で囁かれて、背筋がぞわっとした。

そういう集まりってなに？

さすがにこれはおかしいでしょう。

嫌な予感が急激に押し寄せる。

周囲に目を遣るといつの間にかほとんどの人たちがペアか、少数のグループになっていた。

この状況でやっと確信できた。

これは絶対に、弁護士が参加するような交流会なんかじゃないのだと。

婚活パーティーのようなもの？

でも、その手のパーティーでは必要な、プロフィールが分かるものの提示は求められなかったから、違う気もするし。

どちらにしても、長居するのはよくない気がする。

来たばかりだけど、帰ってしまおうかな……数秒悩んで決心した。

「すみません。私はこれで失礼します」

私に絡んできていた男性を置き去りにして会場を出ようとする。

「ちょっと待ってよ！　それはないでしょう？」

ところが男性が追ってきてしまった。

どうしてこんなにしつこいの？

ぐいっと右腕を掴まれ、最悪な気分になった。

「離してください！」

不快感でいっぱいなのを堪えて訴える。

「今更帰るなんて酷いと思わないのか？」

彼が怒っているのは、私が帰宅したらペアからあぶてしまうからだろうか。

「すみません。でも私はそのつもりはなくて。間違って参加してしまったんです」

「間違い？」

「そうです。だから帰ります。ごめんなさい」

男性が戸惑っているからか、掴まれていた手の力が抜けるのを感じた。

私はその隙に、素早く店を飛び出した。

早く人通りが多いところに行きたい。

小走りでレストランの敷地から出て、駅の方面に向かおうとしたそのとき。

「春奈」

姉が目の前に現れた。

「多佳子お姉さん……どうしてここに？」

タイミングのよさから、偶然とは思えない。

もしかして、私を待ち伏せしていたの？

「仕事が終わったから様子を見に来たのよ。もう終わったの？」

「……うん。でも出席するパーティーを間違えていたみたい」

「どういう意味？」

姉が私をじっと見つめてくる。

「多佳子お姉さんは知らなかったのかもしれないけど、交流会ではなくて、婚活というか合コンみたいだったの」

正確にはどちらとも言えない気がするけれど。

婚活と言うには身元確認などがなく誠実さに欠け、合コンと言うには明るさと盛り上がりがなかった。

私にとっては、嫌な印象の集まりだった。

「あら、知らなかった訳じゃないわ。興味が湧いて一度行ってみたかったの」

「えっ？　でもそれなら、どうして交流会だって言ったの？」

「春奈には伝え間違えたのかも。ごめんなさい、驚いたでしょう？　でも次からは気を付けるわ」

姉の言葉に、私は動揺して目を瞠った。

「次から？　多佳子お姉さん、こういう身代わりみたいなことは、今日が最後だって約束したでしょう？」

「約束？　知らないけど」

「でも電話では確かに……」

ショックを受けている私の心のうちを読んだように、姉が大きな声を上げる。

「仕事もしないで家にいるんだから、それくらいしてくれたっていいじゃない。私は春奈と違って忙しいの！」

「私だって暇をしている訳じゃ……」

「ああ、清春たちとこそこそ何かしているみたいだけど、私には関係ないわ。それに亘さんとの結婚だっていつまでも上手くいくとは思えないし、私の手伝いを続けた方がいいんじゃない？」

「どうして亘さんの話が出てくるの？」

更に警戒する私をあざ笑うように、姉は目を細めた。

「だって亘さんは私と結婚したかったのよ。私が断ったから春奈と結婚したけど、それって妥協じゃない」

妥協と言う言葉が、胸を刺す。

「……始まり方はともかく、今は上手くいってるから。多佳子お姉さんが言うようなことは起きない」

「それはどうかしらね。亘さんは不満があるみたいだったけど？」

「どうして多佳子お姉さんが、そんなことを知ってるの？」

私は思わず眉をひそめた。

「この前会ったときにね、彼の態度を見て察したのよ」

「……亘さんに会ったの？」

「ええ。そうだけど。聞いてないの？」

得意げな顔をする姉の問いに、私は返事ができなかった。

亘さんからは何も聞いていないから。

姉の話は本当なのだろうか。

私の態度に腹を立てているだろうから、嫌がらせの発言をしているのかも……でも、亘さんに確認すればすぐにばれるような嘘をつく？

判断しかねていると、姉が歪んだ笑みを浮かべた。

「夫婦間で隠し事があるようじゃ、長続きしないわね」

「そんなことは……」

「離婚って小さな不満の積み重ねで一気に進むこともあるの。仕事柄そういう夫婦の話はしょっちゅう耳に入ってくるからよく分かるのよ」

確かに弁護士の姉なら、夫婦関係のトラブルについて話を聞く機会は多いだろう。

「妻の姉にこそこそ会う夫と、夫の出張中に質の悪い合コンに参加する妻……すごくお似合いね」

「合コンに参加することになったのは、多佳子お姉さんが伝え間違えたのが原因でしょう？　それなのにどうしてそんな言い方をするの？」

姉は大きな溜息を吐いた。

「はあ……本当に察しが悪い。普通分かるでしょう？　あんたが嫌いだからよ！　昔からそうだった。要領が悪くて察しも悪い。何をしても平均程度しか成果を出せなくて。それなのに全然気にしないでいつも楽しそうにしていて、そういう態度を見ているとイライラするのよ！」

激高して叫ぶ姉の姿に、私は驚愕して息を呑んだ。

通りすがる人も、ぎょっとした表情で姉に目を遣る。

「お人よしで、損得勘定も下手。それなのに最終的には菱川物産の次期社長の妻になるなんて、運だけは最高よね」

姉の顔には、私を蔑む笑みが浮かんでいる。

「多佳子お姉さん……そんなに私を嫌っていたの？」

衝撃だった。

姉に下に見られているのはもちろん分かっていたけれど、これほどの敵意を向けられていたなんて。

だって、私は幼い頃から姉に遠慮して生きてきた。

いつだって姉が一番で人々の注目を集める一方、私は影が薄く姉のおまけのような扱いだった。

気を遣って一歩下がっていたつもりなのに、その態度が姉を苛立たせていたということなの？

「ええ。大嫌いよ。その傷ついたような顔にも本当にイライラする」

吐き捨てるような言葉に、私は俯いた。

美しい顔を歪める姉をこれ以上見ていられない。

「……早く帰りなさいよ」

厳しい声を投げつけられる。

私が近くにいるだけで、我慢がならないといった声だと思った。

「分かった……多佳子お姉さんとはもう会わないようにするから」

震える声でそう告げる。

どくどくと心臓が音を立てる。息苦しくて気分が悪い。

私だって姉に対して沢山の不満があった。
でも姉の感情はそんなものではない。
ぶつけられた言葉も、私を見る目も、強い憎悪を感じるものだった。
怖いと感じるほどに。
私は姉から逃げるように、その場を立ち去った。

自宅に戻っても、なかなか動揺は収まらなかった。
まさかあれほどの憎悪をぶつけられるなんて。
アクセサリーを外して、よそ行きのワンピースを脱ぐ。
こんなに着飾って馬鹿みたいだ……私なりに姉をフォローしている気でいたのに。
バスルームに行きシャワーを浴びた。
濃いメイクと共に、嫌な気持ちも洗い流してしまいたい。
でも胸に燻るもやもやはなかなか消えてくれなかった。
姉に嫌われている事実が辛い気持ちは当然ある。
でもそれ以上に、豹変した姿に衝撃を受けている。
姉は私を軽く扱っていたけれど、さっきみたいに感情を見せたことはない。

いつも作られた笑みを浮かべて、余裕の態度で。何を考えているのか分からない人だったのだ。

もしかしたら……姉の身に何か起きたのかな？

責められているときは余裕がなくて気付かなかったけれど、感情をコントロールできなくなるような何かが姉の身に起きていたのだとしたら？

さっきのは八つ当たりだったのかもしれない。

……いや、姉に限ってそんなことがある訳ないか。

いちいち感情的になっていたら、弁護士なんて務まらなさそうだもの。

そもそも姉が動揺する出来事なんて想像がつかない。

婚約者と別れたと言っていたときだって平然としていたのだから。

多分、ただ私が嫌いで我慢がならなかっただけだ。

どちらにしても、私には姉の事情を考えている余裕なんてない。

バスルームを出て、大きな鏡の前で髪を乾かすが、単調な作業だからか、いつの間にか、また姉のことを考えてしまう。

『夫婦間で隠し事があるようじゃ、長続きしないわね』

姉の言葉が頭から離れない。

――亘さんは本当に姉と会ったのかな。

私には秘密にして、何もなかったような顔をして。

結婚して親族になったのだから、交流があってもおかしくないけれど、亘さんは姉のことが好きだったのだから、ふたりで会ってほしくないと思う。

「はあ……」

溜息が漏れたとき、スマホが鳴った。

亘さんからだ。

「……はい」

「春奈、遅くなってごめん」

「大丈夫だよ」

亘さんに言われて気付いたけれど、いつの間にか午後十一時を過ぎていた。

「札幌《さっぽろ》支社の部長たちと急に飲みに行くことになって、今ホテルに戻った」

「そうなんだ。お疲れさまです」

今はどうしてもぎこちなくなってしまう。

亘さんは勘がいいから、気をつけないと何かあったのではと、気付かれてしまいそう。

姉の話が本当なのか問い質したい気持ちはある。

でもまだ答えを聞く心の準備ができていない。

本当のことを言われても、嘘を吐かれてもどちらにしてもショックで、何も言えなくなってしまいそう。

私はぽんぽん言葉が出てくる方ではないから、もっと考えを纏めないと話し合いにならないだろう。

「亘さん、明日帰ってくるんだよね？」

『ああ。本社に寄ってから帰るから、六時過ぎになるかな』

「分かった、待ってるね」

『……元気がないな。何かあったのか？』

ぎくりとした。分かっていたけれど本当に亘さんは鋭い。

『もしかしてお祖父さんに問題が？』

「ううん。入院は伸びたけど元気になってきてると思う。あの、実家はちょっと揉めてるみたいだけど、大丈夫」

『そうか。無理はするなよ』

「ありがとう。それじゃあ遅いから切るね。亘さんゆっくり休んでね」

『ああ、お休み』

電話を切ってからほっと息をついた。

亘さんと話したのに憂鬱さが消えないなんて。

これは、彼に言えないことがあるからなのかな。

決して隠し事をしているつもりはない。

でも私は、姉と亘さんの関係については、本音を言わず、ひとりで消化しようとしている。

過去のことを言っても仕方ないから、前向きになろうと頑張っていたつもりだけれど、そうしている間に現在の問題に発展してしまった。

こうなった以上、話し合うしかないよね。

亘さんとの良好な関係を壊したくない。

言うのが怖いけれど、このままではきっと駄目になってしまうから。

「亘さんに伝えよう」

できるだけ近いうちに。

彼がどんな反応をするのか分からないから不安だけれど、どうか上手くいきますように。

これから先もずっと仲のよい夫婦でいたいから。

亘さんが出張から帰り、祖父が退院して日常生活が戻ってきた。

ただ真貴田家は未だ険悪な空気が漂っているそうだ。

清春が祖父の入院後も店の手伝いを続けているのが原因だ。

父が清春に怒り、母がそんな父を見ては失望を露わにする悪循環。

そんな状況を打開しようと考えた父が、家族での食事会を計画した。

週末に真貴田家で、亘さんを誘うことで、よい雰囲気を作ろうとしているのだろう。

清春と母にたいしての緩衝材のような役割を期待しているのかもしれない。

私は姉と顔を合わすのが嫌だったし、一度食事会を開いたくらいで、家族の問題が解決するとは思えないから気が進まなかったけれど、父が直接亘さんを招待してしまったので、不参加という訳にはいかなくなったのだ。

「亘君、よく来てくれたね！」

日曜日に実家を訪ねると、父自ら出迎えられた。

満面の笑みを浮かべてはいるけれど、顔が引きつっていて無理をしているのが分かる。

きっと雰囲気がよくないんだろうな。

早速嫌な予感を抱きながら、玄関を上がり家に入る。

家族用のリビングではなく、お正月などに親族が集まる和室に、食事を準備しているようだ。

和室の戸を引くと、私たち以外の家族が勢ぞろいしていた。

身内の食事会なので、上座などは意識していないようだが、清春と母が並び、姉は少し離れて席を確保している。

八人は座れる大きさの黒檀の座卓に並ぶのは、豪華な和食。多分、どこかの料亭から取り寄せたのだと思う。

「さあ、亘君、春奈。座りなさい」

「失礼します」

父に促されて、亘さんと私は横並びに腰を下ろす。

父は姉の隣の席だが、早くも気まずい空気が漂っている。

姉の様子が気になるけれど、目を遣る勇気がない。

でも亘さんが姉を意識している様子はないから、少しほっとした。

「亘君の好みが分からなかったから、いろいろ用意してある。地元で一番と名高い料亭から取り寄せたから味は保証できるぞ」

父が場を盛り上げようと、頑張っている。

「ありがとうございます。いただきます」

亘さんが礼儀正しく頭を下げた。

「奈津子、亘君に飲み物を」

父が母に指示を出す。相変わらずの命令口調に、私は内心溜息を吐いた。

ぎくしゃくした関係なんだから、少しは態度を改めたらいいのに。

でも母は亘さんがいるからか、昔と変わらない笑顔で応じた。

「亘さんは車なのよね？　ノンアルコールビールでいいかしら」

それをきっかけに、気まずいながらもポツポツ会話が始まった。

主に父と亘さんが話ていて、時折清春が参加する。

亘さんと清春は思った通り、早々に意気投合して結構楽しそうだ。

徐々に空気が柔らかくなり、心配していたよりもずっと和やかな食事会になりそうだと感じていた。

そんなときだった。

「春奈、この前のこと亘さんに話したの？」

ようやく明るくなった空気を破るように姉が発言した。

たちまち部屋の中がシンと静まり返る。

「この前のこと？」

亘さんは怪訝そうに呟き、私に顔を向けた。

ドクンと心臓が跳ねる。姉が言っているのは間違いなく先日の怪しい交流会の件だ。

「あ、あの……」

どうしよう。突然のことで、上手く言葉が出てこない。

あの日の出来事を隠したい訳じゃなかった。

でも事情を話すためには、姉の身代わりをしたことについても触れなくちゃいけなくなる。だから言えなくて……。

まさか、こんな風にみんなの前で話すことになるとは思わなかったのだ。

「どうしたの？　合コンに行った話よ。忘れた訳じゃないでしょ？」

せめて自分の口で説明したかったのに、私がもたもたしている間に言われてしまった。

姉は私の様子を、酷く冷たい目で見ている。

これって嫌がらせだよね。姉は私が嫌いだから……。

どうしようもなく気持ちが沈んだのと同時に、視界の端で清春が動く気配がした。

多分、姉を非難するつもりなのだろう。止めなくちゃ。

でもそれよりも早く、隣から思いがけない声がした。

「多佳子さん、それはこの席で言う必要がないことでしょう」

発言したのは亘さんだ。

彼は、結果的に隠し事をしていた私を責めるのではなく、厳しい目を姉に向けていた。いつもは穏やかな彼が、明らかに怒っていた。

「ど、どうして？　別におかしな話題ではないでしょう？　春奈とは頻繁に会う訳ではないし、思いついたことはその場で言っておかないと機会を逃してしまうもの」

姉は一瞬怯んだように見えたが、すぐにはっきりした声で反論した。

ふたりの間には、火花が散っているような緊張感が漂っている。

それは当事者の私ですら入りこめないようなもの。

家族も、無言でふたりを見守っている。

「俺には多佳子さんが春奈を貶めているように見えました。少なくとも善意はなかったはずだ。違いますか？」

「貶めるってどうして私が妹を？」

「この食事会の意義を思えば、多佳子さんの発言はあり得ない。あなたの発言によって空気が悪くなるのは想像できたはずだ」

確かに亘さんに言う通りだ。

姉はわざわざ言う必要がない発言をしたのだから。

そして少し考えたら、その目的なんて分かってしまう。

私が嫌いだから、困らせたかったんだって。

亘さんと睨み合っていた姉は、はあと大きな溜息を吐いた。

「私を責めるより、春奈を問い詰めなくていいの？　亘さんの不在を狙って、質の悪い合コンに行ったって言うのに。裏切りとは思わないの？」

私は膝の上に乗せた手をぎゅっと握った。

緊張と不安でどうにかしそう。でも、しっかりしないと。

ここで亘さんに上手く説明できなかったら、彼の信頼を失ってしまう。それだけは嫌だ。

「亘さん、私は……」

「春奈、大丈夫だ。この件は帰ってから話そう」

「……え？」

亘さんの声は、驚くくらい優しかった。

私の反応から、姉が言っていることが完全な出鱈目《でたらめ》ではないと分かっているはずなのに、気分を害した様子はない。

それどころか、心配そうな眼差しで私を見ている。

どうしてなの？

亘さんは再び姉に向き合った。姉に向ける目は油断なく鋭いものだ。

「多佳子さんが言ったことが事実だとしても、裏切りとは思いません」

予想外の発言なのか、姉が目を見開いた。

「何それ。夫の仕事中に遊び回っているような妻でもいいって言うの？　それとも亘さんも似たような行動を？」

とても失礼な発言だけれど、亘さんは冷静だった。

「何か事情があったからでしょう。あなたは俺たち夫婦を不仲にしたかったのかもしれないが無駄だ。俺は他の誰かの言葉よりも春奈を信じている」

亘さんは、少しの迷いもなくはっきりと言い切った。

「亘さん……」

彼の言葉が嬉しくて、みんながいる前なのに、感情を抑えられない。

胸に熱いものが込み上げて、目の前が滲み出す。

亘さんはそんな私を見て、安心させるように笑いかけてくれた。

彼が信用してくれたことが何より嬉しい。姉よりも私を信じてくれたことが心に響く。

克服しようとしても、なかなか消えなかった姉への劣等感。いつか亘さんが姉の元に行ってしまうのではないかという不安。

それらが溶けて消えていくような感覚に満たされる。

もう大丈夫なんだと心から思えた。

「……春奈の何がいいのよ。危機管理能力なんて少しもなくてすぐに騙される。そんな人間の一体何を信用できるの？」

姉は信じられないといった表情で亘さんに問いかける。

彼の言葉がよほどショックだったように見える。

「俺が信用しているのは春奈の人柄や心根の部分だ。それこそが人として一番大切なところじゃないのか？　危機管理能力がないなら俺が補えばいいだけだ」

テーブルの下でみんなには見えないけれど、亘さんの大きな手は私の手を包んでくれている。

――ああ、亘さんは私を守ってくれているんだ。

そう実感すると強い気持ちが込み上げてきた。

亘さんに庇ってもらってばかりでは駄目だって。

私は思い切って口を開いた。

「私があのような集まりに行ったのは、多佳子お姉さんに頼まれたからです。それも仕事の交流会だと騙されて」

私の告白に母と清春が息を呑んだ。

「な、なんだと?」

父は更に衝撃を受けたようで、信じられないといった目を姉に向けている。

「今の話は本当なのか?」

父の声は震えていた。

いつだったか父が言っていた。姉は幼い頃から優秀で、私と清春のように叱ったことなんて一度もないと。

弁護士として活躍する姉は自慢の娘なんだと。

そんな姉が、人として軽蔑に値するようなことをしたのだから、ショックを受けるに決まっている。

「多佳子……答えろ！」

父は溜まりかねたように怒鳴った。

「はあ……うざい」

「なっ！　お前、今なんて」

「春奈の言う通りよ！　私が行くように仕向けたの。でもすぐに分かるような嘘に騙されたのは春奈の責任よ」

姉の顔がくしゃりと歪んだ。あの日私を罵倒したときのように。でもその怒りは私だけでなく、父や亘さんにまで向いているような気がする。

どうして……どうして姉はここまで怒りを感じているのだろう。

「お前はなんてことをしてくれたんだ！　春奈にもしものことがあったらどうするつもりだったんだ！」

「何もなかったでしょうが！　大袈裟に騒ぎすぎなのよ」

「気まぐれでやっていいことじゃないだろう！　妹を何だと思ってるんだ！」

父は癇癪《かんしゃく》を起こしたように叫ぶ。母は唖然として言葉が出てこないようだ。亘さんは冷静にふたりの会話を見守っている。

清春が動き、睨み合うふたりの会話に割り込んだ。

「父さん。多佳子姉さんが春奈に対して嫌がらせをするのは、これが初めてじゃない」

「そ、それはどういう意味なんだ？」

「多佳子姉さんは春奈を自分の身代わりに使っていた。もう何年も前から都合よく扱っていたんだ。だから今回の嫌がらせも気まぐれじゃない」

「まさか……多佳子、本当なのか？」

父は清春の発言を疑っている訳じゃなく、ただ信じたくないのだと思う。

縋るように姉に訴える。

姉は無言で父から目を逸らした。でもその態度こそ清春の話が真実だと認めているようなもの。

「お前は……何が不満だったんだ？　菱川家に嫁いだ妹に嫌がらせを続けるなんて正気じゃない！」

父が怒りを爆発させる。姉は無言だ。もう答える気はないのかもしれない。

「欲しいものは何でも与えてきたし、好きな仕事にだって就けるようにバックアップした。何不自由ないようにここまで……」

「好きな仕事？　そんなものは手に入れてないわ！」

姉がその言葉を遮って、突然激高した。父がびくりと肩を揺らす。

「お父さんは、人の役目は決まっている。そう言って私の希望なんて聞こうとしなかったじゃない」

「な、何を言って……」

姉は勢いに圧されたようにたじろぐ父から、私に目を向けた。

「ねえ、春奈は自分は被害者で、何も悪くないと思ってない？」

「え……」

まるで私が姉に何かをしていたかのような言い方だ。

どういうことなの？　私が姉に攻撃的な行為をしたことなんてないのに。

姉は戸惑う私から、清春に視線を移す。

「清春も。いつも自分は関係ないって冷めた顔をしてたけど、それがどれだけ人を嫌な気分にさせるか分かってないの？」

「……」

清春は返事をしない。でも私のように意味が分からず戸惑っているのとは少し違う気がする。

その様子に姉が顔をしかめた。

「知ってるって顔ね……本当にむかつく。春奈と違って察しがいいからたちが悪い」

むかつくって……そんな言葉が姉の口から聞くのは初めてで驚愕した。

何事も理詰めで押し通そうとする姉が、ここまで感情的になるなんて。

なぜこんな風になっているのか分からない。それでも姉が憎んでいるのは私だけではなく、家族全員なのだと気が付いた。

「……はあ」

清春が特大のうんざりしたような溜息を吐いた。

「多佳子姉さんが何に不満を持っているのか分かってたよ。でもだから何だって言うんだ？　俺たちにそれを察して、気を遣えっていうのか？　どれだけ勝手なんだよ」

「き、清春、どういうことなんだ！」

姉の激高に驚きすぎたのか、置物のように黙り込んでいた父が、ようやく会話に参加した。

「父さんもたいがい鈍いな。姉さんは昔からずっと父さんの後を継いで政治家になりたがっていたんだよ。それなのに周りは全員俺が真貴田家の後継ぎだって言うから不満を持ってた。それがここに来て爆発したってことだろ？」

清春は最後は姉を見ながら言った。姉は口惜しそうに唇を噛み締める。

図星なんだ……。

驚いたけれど、清春は以前も同じようなことを言っていたことを思い出した。

でもそのときの私は、まさかと思って真剣に受け止めなかったのだ。

だって姉は弁護士というきちんとした仕事に就き、充実した生活を送っていると思っていたから。

「多佳子、本当なのか？」

困惑しながらの父の問いに、姉は呆れたように歪んだ笑みで答えた。

「どうして、今初めて聞きましたって顔をするの？　私は何度もそう言っていたのに」

「いやだが、それは……」

「お父さんは清春が後継ぎだって決めつけて、私の話は聞き流していた。もし清春が私よりも優秀で太刀打ちできない相手なら諦めもついたわ。でもそうではなくて、ただ性別が男ってだけ。古い価値観で勝手に私の役目を決めつけるその態度が我慢ならなかった」

父は今、姉とのやり取りを思い出しているのだろうか。どんどん顔色が悪くなっていく。

ベテラン政治家として、言葉の応酬なんて誰よりも慣れているはずの父が反論しないのは、今頃になって娘を傷つけてきたことに気付いたから？

「しかも清春は、散々後を継ぎたくないと訴えていたのに。それでも私に任せようとは思わなかったんでしょう？　本当に馬鹿にしてる」

「……それは……多佳子の言う通りだ。本当にお前たちの言葉が耳に入っていなかった。長男が後を継ぎ、娘たちはよい人と結婚するのが一番いいと思っていたんだ」

父はそれきり黙ってしまった。

自分の価値観が絶対だと思っていたのに、間違っていたと証明されたようなものだ。

言葉が出てこないのだろう。

「……あなた。子供たちの希望通りにできませんか？　清春も多佳子さんも、もう大人なんです。自分で選んだ道を進んで失敗したとしても、自分で責任を取ることができるんですよ」

気まずすぎる沈黙を破ったのは、驚くことにそれまで存在感がほとんどなかった母だった。

「だが、清春はともかく多佳子は……」

「親族や後援会の皆さんが清春を後継者にと言っているのは分かってます。あなたは多佳子さんを後継ぎにしたら反対意見が出ることを心配しているんですよね？」

「そうだ。確実に反対されるし、下手したら潰される。政治家になるのは本人の努力だけでなく、多くの人の助けが必要なんだ。せっかく弁護士として成功しているのだから、今のままがいいに決まってるだろう？」

「そうだとしても、多佳子さんがやりたいようにしたらいいじゃないですか。もし失敗して傷ついたとしても、自分で選んだ道なんだから納得はできるでしょうし」

母は淡々とした口調で言う。

その冷静な態度が気に障ったのか、父が目つきを鋭くした。

「傷ついてもいいだと？　お前は多佳子の実の母親じゃないから、そんな無責任なことが言えるんだ」

私は思わず目を瞠った。なんて酷い言葉なんだろう。

母と姉に血の繋がりはないのは本当だけれど、これまでずっと母は姉を気遣い尽くしてきたのに。

母が傷ついていないか心配だった。でも母は驚くことに平然としていた。

「確かに実の母親ではないけど、私が言ったことが今の多佳子さんの望みなのよ。あなたは娘可愛さに過保護になりすぎているんじゃないの？」

「政治の世界はお前が思っている以上に厳しいんだ！　足を引っ張られることも、誰かの悪意をぶつけられることもしょっちゅうなんだ。多佳子がそんな目に遭ってもいいって言うのか？」

「清春なら、辛い目に遭ってもいいっていうの？」

「そ、それは……清春は男だから」

「その古い考え方が、清春と多佳子さんの悩みの種になってるんじゃない」

母が父の言葉をばっさり切り捨てる。今日の母は信じられないくらい強い。

「とにかく一度しっかり考えてください」

母が反論を許さないように宣言する。

父の表情は納得していないものだが、反論の言葉が出てこないようだ。

それまでの怒鳴り合いが嘘のように、室内が静まり返った。

かなり気まずい空気が漂っている。

私たち家族がこんなに激しい言い合いをするのは初めてだから無理もない。

今までなんとか保っていた均衡が、一瞬で崩れてしまったようなものだから。

真貴田家がこの先どうなるのか分からない。

でも清春は、自分の夢を遠慮なく言えるようになったんじゃないかな。

それだけはよかったと、私は清春に目を向ける。

きっとほっとしているだろうと思ったのだ。けれど彼は難しい顔をしたまま多佳子お姉さんに向かって口を開いた。

「多佳子姉さん、話はまだ終わってない」

え？　父が考え直せと言われて、一旦終わったのではないの？

私は僅かに首を傾げる。

父も母も同じような疑問を持っているのだろう。亘さんは先ほどからずっと成り行きを静観している。

「今の話だと春奈に対しての行動の説明がつかない。まさか夢が叶えられないからって八つ当たりした訳じゃないだろ？　長年春奈に辛く当たってきた理由はなんだ？」

清春の言葉にはっとした。

そうだ。姉の悩みと不満に、私は直接関わっていない。

中心人物は、父と姉と清春なのだから。

私と母はこの件については蚊帳の外と言ってもいいはず。

それなのに、姉はむしろ私に対して一番怒りを持っているような言動をしている。

まさか……私が亘さんと結婚したから？

亘さんの気持ちはもう疑っていないけれど、姉がどう思っているかは別問題だ。

不安を覚えながら姉の答えを待つ。

あれほど激高していた姉は、今は憑き物が落ちたように静かで、途方にくれているようにすら見える。

「私は……家族みんなが嫌いだった。父も継母も双子の弟妹も」

その姉が、迷っているかのようにゆっくり語り出した。

「家族とすら思えなかった。だって私はいつもひとりだったから」

思いもしなかった言葉に私は思わず息を呑んだ。

姉は私と母に順番に視線を送ってから続きを口にする。

「あなたたちは常に私を腫物扱いしていた。清春が加わったときは楽しそうにするのに、私が近付くと途端に余所余所《よそよそ》しくなって、あからさまに顔を強張らせるの。お父さんだけは違ったけれど、肝心なときは家にいなかったから」

姉の声には感情が籠もっていない。

それなのに、言葉の一つ一つが胸に突き刺さるような気がして、息苦しくなる。

まさか、姉がそんな風に感じていたなんて。

余所余所しい。確かにその通りだ。

私は姉の前ではいつも緊張して、自然に振る舞うことができなかった。

必要以上に気を遣っていた。母も同じようなものだ。

そんな態度を取られたら、姉がどう感じるか思い至りもせずに。

しかも当時の姉はまだ子供で、逃げ場所なんてなかったのに。

「清春は私を特別扱いはしなかったけど、いつだって春奈が最優先。私がちょっと春奈に冷たくしただけですごい目で睨んできて、そんな態度をされたら弟なんて思えなくなる」

「姉さんには味方が沢山いただろ？　でも母さんと春奈には俺しかいなかった」

動揺して何も言えない私と違い、清春はこれまで決して見せなかった姉の本音を前にしても、怯んでいない。

「味方って叔母様たちのこと？　私が望んだ訳じゃないけど」

「それでも母さんと春奈にとっては脅威だった。姉さんが辛い思いをしたのは真実なんだろうけど、春奈も楽しく暮らしていた訳じゃない。沢山のことを我慢してきたんだ」

「そう……でもやっぱり春奈は私より恵まれているわ。今だって清春と亘さんに守られているのだから。みんな春奈の味方なのよ」

「俺は無条件に春奈の味方をしてる訳じゃない。姉さんが初めから本心を話してくれたら、もっと理解するようにしたと思う」

「結局、私が悪いって言いたいんじゃない」

姉は自嘲するように言い、私に目を向けた。

先ほどのような憎悪は感じない。

「春奈」

「は、はい」

びくりと震えた手を、亘さんがそっと握ってくれた。

それだけで安心できる。

「二度と身代わりは頼まないわ」

「……」

「それが望みでしょう？」

「……はい」

「約束するわ」

姉はそう言うと、ひとり部屋を出て行ってしまった。

まるで嵐のようなひとときは、あまりに衝撃的だった。

ようやく念願叶って、姉の身代わりから解放されたというのに、私の心は晴れることなく、憂鬱な気持ちが燻っていた。


「亘さん、今日は本当にごめんなさい」

食事会どころではなくなってしまったので、あれからすぐに実家を出て自宅マンションに帰ってきた。

貴重な休日なのに、真貴田家の騒動に巻き込んでしまい申し訳なくて仕方ない。

「食事会はまた機会を作ればいいんだから気にするな」

亘さんは優しい。私を責めず、むしろ気遣ってくれている。

「でも、気分が悪かったでしょう？」

「いや。驚きはしたが、俺はああなってよかったと思ってる」

「え？」

「家族の本音を知ることができただろ？　今は気まずいだろうが、余所余所しかったこれまでよりも、よい関係を築けるようになる可能性がある」

「よい関係？」

亘さんの言っていることが信じられなかった。

だって実家はもうぼろぼろだ。

「今頃お義父さんは悩みながら考えてると思う。きっと多佳子さんと清春君の夢に協力してくれる」

「お父さんが？」

「あのとき多分俺が一番客観的に見ることができていた。お義父さんは頑固な面があるけど、家族に対する愛情はちゃんとあると感じた」

「それは、そうかも」

父は姉の幸せを願っていた。方向性は違っていても、父なりの善意なのは分かる。

「清春君とお義母さんは問題なさそうだった」

「うん。清春は元々メンタル強いから。お母さんは最近になって開き直ったみたい」

「それくらいがよさそうだ」

亘さんが微笑んだ。

「一番問題は、春奈と多佳子さんの関係だろうな」

ずしんと気持ちが重くなった。

「私、多佳子お姉さんが家族の関係について悩んでいるなんて、思わなかったんだ」

傍から見た姉は順風満帆そのものだったから。

「悩みがない人なんていないよね。それなのにそんなことすら気付けなかった」

考えが足りなかった自分が情けない。

「多佳子お姉さんが政治家になりたがっていたのだって、全然知らなかった。でもね、清春は分かってたの」

「彼は観察眼がありそうだからな」

「私は何も分かっていなかったんだって痛感した。気付かないうちに姉を傷つけていたんだなと思うと……」

ずっと家族といても孤独を感じていたのは、辛かったと思う。

そんな想いをさせたのは、私たち。罪悪感が込み上げて目を伏せた。

そんな私を、亘さんが優しく抱き寄せてくれる。

「後悔しているなら、これからやり直せばいい」

「多佳子お姉さんとの関係を？」

「そう。春奈がそうしたいなら。俺も力になるつもりだ」

姉と普通の姉妹のような関係になる――今更そんなことができるのだろうか。

ずっと姉の態度に悩んできた。でも、私も知らず知らずのうちに姉を傷つけていたのだ。

身代わりにされて、こき使われて、最後は騙されて怪しげな集まりに参加させられた。

――でも。

「多佳子お姉さんに騙されて、変な合コンに参加したことなんだけど」

「ああ」

亘さんが眉をひそめた。この件については怒りを感じている様子だ。

「黙っていてごめんなさい。あのとき私はおかしいなと気付いてすぐにお店を出たんだけど、多佳子お姉さんが、外で待ってたの」

「そうなのか？」

「うん。私が店を出たのは、始まってすぐだったのに」

今思うと姉の行動は不自然だ。いつ出てくるか分からない私を、外で待ち構えるなんて。

「……私を迎えに来たのかな」

騙すような真似をした罪悪感に耐えられなかった？　それとも心配して来てくれたのか。

いや、それは都合よく考えすぎかもしれない。

ただ逃げ帰ってくる私の様子を見に来ただけかもしれないし。

それでも、姉は私を待っていたのは紛れもない事実。

「あのときの姉の気持ちは分からないけど、私にも問題があることに気付いたから、それだけでよかったかな」

「そうか」

「……今日、亘さんが私を信じてくれて本当に嬉しかった。本当にありがとう」

亘さんがくすりと笑った。私を見つめる眼差しには愛しさが溢れている。

「妻を信じるなんて、当たり前だ。これからもずっと俺は春奈の味方だから」

「亘さん……」

彼が少し顔を傾ける。私はそっと目を閉じた。

唇が触れ合い、とくんとくんと鼓動が大きくなっていく。

ああ、彼がどうしようもないくらい好きだ。

優しいキスを終えると抱きしめられた。

私は、温もりに安心しながら目を閉じた。

「多佳子お姉さんが、もう身代わりは頼まないと言ってたでしょ？」

「……ああ」

「私ね、何年か前から姉の代役をやっていたの。普通の代理じゃなくて、本当に身代わり。多佳子お姉さんそっくりになるようにメイクをして、ファッションも姉の真似をしてね。私びっくりするくらいそっくりになれるんだ」

亘さんは何も言わないけれど、一瞬ぎくりと体に力が入ったのが分かった。

もしかしたら引いてしまったのかな。

「ボランティアや、付き合いで参加しなくちゃいけない講習会とか。いろいろなところに行ったよ。初めは忙しい多佳子お姉さんの助けになるならと思ってたけど、だんだん止めたいと思うようになってた。でも結婚してからは初めてのことだったの……心配かけてごめんなさい」

「春奈……」

亘さんが私の二の腕を掴み、真剣な表情で見つめてきた。

「どうしたの？」

「多佳子さんのふりをしていたとき、園芸ボランティアをしたことがないか？」

「……もしかして、学園の中の？」

「そうだ！」

亘さんが顔を輝かせた。喜びに溢れたその表情はもしかして……。

期待で胸が高鳴る。

「万葉の道で亘さんと少しだけ話をした。あのときのことを覚えていてくれたの？」

「ああ。俺から声をかけたんだ。視察をしているから意見を聞きたいって」

「私、亘さんは覚えていないんだと思ってたの！」

でも彼は忘れていなかったんだ。喜びが込み上げて私は高い声を出した。

「忘れる訳ない。俺にとって印象的な出会いだったんだ。でも多佳子さんだと思い込んでいた」

あのときは、多佳子お姉さんの代わりに参加していたから、周囲のボランティアスタッフは、私を多佳子さんと呼んでいた。

亘さんがそれを聞いて、多佳子お姉さんだと思うのも当然だろう。

「その後、知人のパーティーで君を見かけて、伝手を使って招待客リストを調べたんだ。そこでも多佳子さんの名前が記されていた」

亘さんが口にした知人は、私が一度だけ参加したレセプションパーティーの主催者と同じ名前だった。

私はますます鼓動が高まるのを感じながら、亘さんに問いかけた。

「亘さんはパーティーで多佳子お姉さんを気に入ったから、お見合いを申し込んだと聞いていたの。でもそのパーティーに出席したのは私だった。もしかしたら……」

そのとき彼が見かけたのは、私だったのかもしれない。

半信半疑の気持ちで答えを待つ。

「そうだ。初めて会ったときから春奈が気になって、どうしても忘れられなかったんだ。多佳子さんだと思い込んで誤解していたから、お見合いで春奈に接して驚いた。惹かれている相手が目の前にいるようだったから」

「それじゃあ、亘さんは初めから私を好きになってくれていたの？」

もう答えは確信していた。それでも彼の口から聞きたかった。

「ああ。俺が惹かれたのは初めから春奈だったんだ」

亘さんは喜びに溢れた笑顔で、私をぎゅっと抱きしめた。

「夢みたい……」

彼の腕の中で思わず呟く。でも頬を寄せた逞しい胸から感じる鼓動が、これが現実なんだと告げている。

「春奈」

優しく名前を呼ばれて、顔を上げた。声と同じくらい柔らかな眼差しが私に向けられている。

「俺は春奈と出会うまで、自分は恋愛に向かない人間だと思ってた。でもそれは違うと今は分かってる。春奈を愛してる。他の何よりも大切で、春奈なしの人生なんてもう考えられないんだ」

「亘さん……私も……私も亘さんがいないと生きていけない。それくらい愛してる」

いつもは口にするのが恥ずかしい言葉だけれど、今このときどうしても伝えたかった。

だって本当に彼を愛しているから。

どうかこの想いが伝わりますように。

亘さんはそれは幸せそうに目を細め、私の頬にそっと触れる。

顔を近付け微笑み合い、それからそっと唇を重ねた。

彼の背中に手を回す。

ふたりの体が重なり、キスが深まっていく。

ああ、なんて幸せなのだろう。

私は甘い陶酔の中、亘さんに体を委ねたのだった。

七章　幸せな家族

真貴田家の危機から、一年が過ぎた。

先が見えなかったあの頃が嘘のように、皆新しい気持ちでそれぞれの生活を送っている。

一時は家族がバラバラで、母は離婚を考えていたほどだけれど、父が子供に職業選択の自由を認める約束をしたことと、度重なる真摯な謝罪に絆されて、夫婦をやり直すことを決心した。

蔑ろにされた日々を忘れることはできないけれど、父に対しての情が消せなかったそうだ。

ほとぼりが冷めたら、以前のような態度に戻ってしまうかもしれないと不安があったけれど、父も努力しているのか、大分丸くなり母を大切にしているみたいだ。

清春は今から半年前に、大学卒業後入社した会社を退職して、祖父の店で正式に働き始めた。

飲食店の勤務時間では電車での通勤が難しいため、お店の近くにアパートを借りて、ひとり暮らしをしている。

ビジネスマン時代に比べたら収入がぐっと減ったし、更にひとり暮らしだから、生活がかなり厳しくなったそうだ。

有力政治家の後継ぎとして過ごしていたときとは、がらりと変わった生活。

でも彼は前向きで、節約料理を作るのも楽しいと、充実した生活を送っている。

そして姉は、つい先日法律事務所を退職して、父の私設秘書に就任した。

念願の政治家への第一歩だ。

私は一年前から姉と会っていないから母からの伝聞だけれど、父にこき使われながらも、文句一つ言わずに働いているらしい。

『あの多佳子さんが新人秘書として使い走りをさせられているみたいよ。それでも辞める気は一切ないみたい。よほど政治家になりたかったのね』

しみじみと零した母の言葉から、姉は着々と自分の夢を叶えようとしている様子が伝わってきた。

父の後継者が清春から姉に変わるとなったとき、やはり一部の親族が反対したそうだ。

後援会の古参メンバーにも、難色を示した人がいたとのこと。

政治家はどんなに優秀な人でも、個人の力だけでなれるものではない。多くの人の支えが必要だ。

それを誰よりも知っている父は反対者ひとりひとりに時間をかけて丁寧な説明をし、姉への協力を訴えたそうで、それ以来姉は父に対して素直になったと言っていた。

少しだけでも父に心を開いたのかもしれない。

姉と母と清春は、まだ多少ぎくしゃくしつつも、少しずつ会話が増えてきているそうだ。

私は姉に何度か手紙を出しているけれど、一度も返事を貰ったことはなかった。今後も関係修復する見込みはないのかもしれない。

それでも、真貴田家はなんとか再生していると言えるのではないだろうか。

私はそう思っている。


「いらっしゃいませ」

上野駅から徒歩十分の、小さな割烹季節理店の扉を引くと元気な声で出迎えられた。

六人並びのカウンターに、四人掛けのテーブルが六台の小さな店内。

入り口から繋がるホールには、ビール瓶とグラスを手にした清春がいた。

濃紺の作務衣《さむえ》姿がすごくよく似合っていて、まるでドラマのワンシーンのようだ。

「春奈か。そこ座ってちょっと待ってろ」

「うん」

私は清春に言われたカウンター左端の席に席を下ろす。

今日は祖父と清春に招待されて夕食をご馳走してもらいにきたのだ。

綺麗に配された箸と取り皿の近くにあった予約のプレートを手にしながら、後ろを振り返り清春の様子を窺った。

「真貴田君、今日、塩辛ある?」

「あります。今日はサンマの刺身もおすすめですよ」

「いいね、頼むよ」

「ありがとうございます!」

清春がにこっと笑う。

お客さんに名前も覚えてもらっていて、すっかり馴染んでいる様子。

すごく楽しそうに働いていて、安心した。

「春奈、来てたのか!」

席を外していた祖父が戻って来て、声をかけられた。

「おじいちゃん、今日はご馳走になります」

「沢山食べていきなさい」

上機嫌でそう言った祖父も清春と同じ作務衣姿。清春のようにアイドルっぽいキラキラ感はないけれど、渋い雰囲気が決まっていていい感じだ。

お品書きを手にして、一通り目を通す。

「あれ？　前とメニューが変わったね」

祖父の料理は美味しいけれど、メニューの変動は滅多にない。

安心感はあるものの、新鮮味がないところがちょっと残念だった。

ところがこれまで見かけなかった和風グラタンがあったり、バニラアイスのみだったデザートに、フォンダンショコラが追加されるなど、選択肢が増えている。

そういえば、お品書きも見やすくなっているような。

「清春があれこれアイディアを出すんだよ。いくつか取り入れてるんだ」

若者は改革好きだから大変だよ、と零しながらも、まんざらでもないように見える。

祖父も清春がいて安心しているところがあるのだろう。

「おじいちゃん、ホタテのかき揚げと、豆腐サラダ、それからハラミの炙り焼きをお願いします」

注文を入れた後は、水を飲みながら店内の様子を観察する。

半分くらいは常連さんなのかな。

和気藹々とした雰囲気で、皆が食事と会話を楽しんでいる。

居心地のよい店で、祖父と清春が大切にしているのがよく分かる。

「お待たせしました」

祖父がカウンター越しにホタテのかき揚げを出してくれた。

「いただきます……美味しい！」

このサクサクした衣は家ではなかなか再現できない。

味わっているとハラミの炙り焼きも出てきた。

すぐに来ると思っていた豆腐サラダがまだだなと気になったとき、カウンターで何かを作っている様子だった清春が出てきて、私の前に豆腐サラダを置いた。

「え……何これ、すごいね」

透明の皿の中央に白い豆腐があり、ミニトマトと水菜に海苔などが周囲を彩っている。具材はよく見かける豆腐サラダなのに、盛り付けがすごく綺麗。

以前頼んだときと、雰囲気が全然違うのだけれど。

「これって清春が作ったの？」

「そう。どうだ？」

清春がわくわくした様子で私の返事を待っている。

「すごくいいよ。とにかく見た目がいい。このトッピングは何？」

「蕎麦を揚げたもの。特別な食材は使わないように、盛り付けだけ変えてみた。あとドレッシングを少し改良したんだ」

「へえ……」

早速一口食べてみる。

「うん！　美味しいよ。さっぱりしているけど、物足りない感じがしなくていい」

「そうか！」

清春はすごく嬉しそう。

「自信持っていいよ」

「ああ。やる気が出たよ……でも春奈は相変わらず語彙が少ないのな。気持ちは伝わって来るんだけど」

清春が、おかしそうに笑う。

「ちょっと～馬鹿にしてるの？」

頬を膨らませて抗議する。

清春がしまったと言うように、肩をすくめた。

「ごめんって。春奈の好きなチーズフライ奢るから許して」

「今日はおじいちゃんのご馳走なんじゃないの？」

「ばれた？」

清春はあと少しで上がるからと、仕事に戻って行った。

今夜は私が来ているので、祖父から特別に早上がりをする許可が出たとのことだ。

注文した料理を食べ終えたところで、作務衣から私服に着替えた清春がやって来て隣の席に座った。

お腹が空いている彼のために、肉豆腐と鰤《ぶり》窯焼き、ビールなどを追加する。

「お疲れさま」

「お疲れ。あー美味い」

清春はジョッキに並々と注がれたビールを飲んでしみじみ言う。

「清春、ビール好きだったっけ？」

「そうでもなかったけど、ここで働いていると常連さんにご馳走してもらうことがあるからさ。いつの間にか好きになった」

「へえ……すごく楽しそうだね」

実家にいた頃の清春は、もう少しドライというか熱意がない感じだったもの。

「充実しているからな……あれ、春奈は飲まないのか？」

清春は私の水入りグラスを見て首を傾げる。

「うん、今日はいいや」

「具合が悪いのか？」

「違うよ。大丈夫」

「それならいいけどな」

料理を食べながら近況報告をする。

こうして会うのは三カ月ぶりくらいだから、話すことは結構ある。

「新メニューだけじゃなくて、経営体制も見直しが必要なんだよ。じいちゃんは料理の腕は一流だけど、経営が適当だからな」

「そこはお前に任せてるだろ」

清春の愚痴が聞こえたのか、祖父がすかさず突っ込んできた。

息が合っていて、もうずっと前から一緒に働いているみたい。

「分かってるけど、兼田さんが辞めるまでにもっと腕を上げたいし時間がないんだよな」

長く働いてくれている板前の兼田さんは、そろそろ独立して自分の店を持ちたいと言ってるそうだ。

「来年はふぐの調理免許も取りたいし、やることが山積みだ」

そう言いつつ楽しそうなのは、やりたい仕事に就いているからなんだろうな。

「よかったね。夢が叶って」

私の言葉に、清春が大きく頷いた。

「ああ。子供の頃、母さんに連れられてここに来たの覚えてるか？」

「うん。幼稚園生くらいだったよね」

一週間くらい祖父の家に滞在したことがあった。

当時は知らなかったけれど、父の態度に耐えかねた母の家出で、結婚して初めての反抗だったそうだ。

「お客さんに料理を振る舞って、美味しい美味しいって喜ばれているじいちゃんを見てさ。俺もじいちゃんみたいに誰かに喜ばれる仕事がしたいと思った。それが始まり」

「知らなかった。そんな前からの夢だったんだ」

「政治家よりも料理人の方がかっこよく見えたんだ。めちゃくちゃじいちゃんに憧れたよ」

「すごく分かる。私なんて小さい頃は、お父さんが何をしている人か分かってなかったもの。あまり家にいなかったしね」

それに比べて、包丁を握りきびきび働く祖父はとてもかっこよく見えた。

「子供の頃の夢をずっと持ち続けたのはすごいよね」

双子の弟ながら、その一途さを尊敬する。

「でもこうして夢が叶いそうなのは春奈のおかげだ。ありがとうな」

清春が改まった態度で言う。

「大袈裟だよ。私は大したことしてないし」

私は少し驚きながら言う。だって本当に真剣に感謝されるほどのことはしていないもの。けれど清春は「そんなことはない」と首を横に振る。

「一年前、皆自分がからは歩み寄れずにバラバラになっていた家族ひとりひとりを根気よく説得して、話し合いの機会を持てるようにしたのは春奈なんだから。おかげで仲直りできた」

「私はきっかけを作っただけだよ」

あのとき、姉の本心を知った私は、それまでの自分を後悔した。

いつも受け身で、姉と親族を怖がるばかりで、彼らが何を考えているのかを知ろうとしなかった。

溝が深まるばかりの行動を自らしていたのだ。

だから、今度こそ向き合ってお互いの気持ちを理解したいと思った。

でも家族はみんな頑なになっていてバラバラだったから、まずはひとりずつ説得して橋渡しをしていたら、たまたま上手く話が纏まり、今の状態に。

「そのきっかけがなかったら、今のようにはなってないだろ？」

「うん……そうだね」

余計なお世話かもしれないと悩みながらも、行動してよかった。

「お母さんは、お父さんと上手くいってるし、清春は料理人として成長してるし、多佳子お姉さんは政治家秘書で、みんなすごく頑張ってるよね。実は私だけ取り残された気がして落ち込んでたんだ」

「そんなことないだろ？　春奈は亘さんを支えてるんだから。亘さん感謝してたけどな」

「でもなんとなく、私だけが何も成し遂げていないような気がして……でもね」

私はひと息ついてから、清春を真っ直ぐ見る。

気心が知れてる双子の弟だけど、この告白は少し恥ずかしい。

「少し前に分かったんだけど、子供ができたの」

「えっ？」

清春が目を丸くする。

「私にもできたよ。亘さんとの子をしっかり育てるって目標が」

私にしかできない、大切で重大な仕事だ。

「……よかった」

清春が私の両手を掴み、ぶんぶん振る。

「よかったな春奈、おめでとう！」

「ありがとう！」

「子供を育てるのは大変だって言うけど、頑張れよ。もちろん俺も協力する」

「うん！　めちゃくちゃ心強いよ」

「……俺も叔父さんになるんだな」

清春が今度はしみじみと呟く。

「あ、じいちゃんにも報告しようぜ」

「うん」

「待てよ、じいちゃんは曾孫持ちになるのか？　……すごいな」

祖父に報告をすると、清春に負けないくらい喜んでくれた。

「子供？　春奈、そんなめでたいことは早く言いなさい。今日はお祝いするぞ！」

大切な人に喜んでもらえるのは本当に嬉しい。

楽しそうに祖父と話していた清春が、思い出したように私を見た。

「亘さんはどんな反応だった？」

「すごく驚いていて、清春よりも更に喜んでた」

「そうだろうなあ。亘さん春奈を溺愛しているからな。もしも娘が生まれたら更に過保護になりそうだ」

「うん、それがね……」

続きを言おうとしたとき、入り口の扉が、がらりと開いた。

「あれ、亘さん？」

会社帰りのスーツ姿で佇む亘さんを見て、清春が瞬きをする。

「こんばんは」

亘さんは、祖父と清春ににこやかに挨拶をすると、私のところにやって来た。

「お帰りなさい」

「ただいま春奈」

「……亘さん、ここどうぞ！」

清春が席を一つずれて、亘さんに譲る。今日はそんなに混んでなくてよかった。

「急に押しかけて申し訳ない」

申し訳なさそうな亘さんに、清春がちょっと含みがある笑顔を見せる。

「大丈夫ですよ。心配で迎えに来たんですよね？」

春奈から聞いていますと続ける清春に、亘さんが嬉しそうに頷いた。

妊娠が発覚してからと言うもの、亘さんの過保護さがアップした。

私が外出しようとすると、自分で送り迎えをしたがるし、疲れるから家事も外注しようと言い出すほどだ。

そこまで心配されたら、何もできなくなってしまう。

特に私はつわりも少なく、極めて健康な妊婦なので、元気があり余った状態だ。

説得して妊娠中の健康管理などを勉強してもらい、なんとか理解してもらっている。

「過保護すぎると春奈に怒られているよ」

「亘さんの気持ちは分かる。特に春奈はぼんやりしているところがあるし」

いつも思うけど、私の信頼度って低いよね。

「そうなんだ。だから片時も目を離したくない。あまり神経質なことばかり言うと、春奈がストレスを感じる心配があるんだが……」

大切に思ってくれているのは、すごく感じるしありがたいけれど、出産までずっと家に閉じこもっているのは無理だもの。

本当にそんなに心配しなくても、大丈夫なんだけどな。私だって自分なりに気を遣っている訳だし。

「春奈が外に出たいって言ったら、ここに連れて来てくださいよ。俺がしっかり監視しておくから」

「それはいいな。それから……」

亘さんと清春が、真剣な顔で話し合いを始めてしまった。

その光景を見ていると、温かな気持ちになった。

私はすごく幸せ者だな。

生まれて来る子供にも、大切な人たちと一緒に優しい愛を沢山注いであげたい。

祖父と清春と常連さんたちと楽しく過ごし、満足してマンションに帰った。

「春奈、そこ段になってるから気を付けて」

「うん」

先日ここで躓《つまず》いたものだから、亘さんは神経質になっている。

私を守るように体を抱き寄せてくれた。

きっと生まれてくる子供も、大切に守ってくれるんだろうな。

親子三人の生活が楽しみだ。

部屋に上がり、私から先にお風呂を使った。

長湯は避けた方がいいそうなので、早々に上がり、亘さんと交代する。

お風呂上りのルイボスティーを飲みながら寛いでいると、リビングのローテーブルに置いたままの手紙が目についた。

そういえば、今日はまだ確認していなかった。

ダイレクトメールが多い中、シンプルな白い封筒が目に付いた。

手に取って宛名などを確認する。

私宛てで、送り主は……ドクンと心臓が大きく跳ねた。

「多佳子お姉さん……」

一年前のあの日以来、私は姉に何度か手紙を送っていた。

父たちと同様、姉とも家族としての関係を新たに始めたかったからだ。

ただ電話をしても出てくれないと思ったし、メッセージで済ませるには重すぎる内容だと感じたため、滅多に書かない手紙を書いた。

これまでの私の姉に対する気持ち。

身代わりは嫌だったけれど、私も姉の気持ちを思い遣ることができなかった。

姉からは一度も返事が来なかったから、私とは和解する気がないのだと受け止めていた。

でも母たちとは少しずつ距離が近くなっているのは伝え聞いていたから、それでいいと思っていたのだ。

緊張しながら封筒を開けて、便箋を取り出す。

封筒と同じくシンプルな便箋には、丁寧で美しい文字が綴られていた。

【春奈。何度も手紙をくれたのに、一度も返事を書かなくてごめんなさい。この一年の間、ずっと悩み迷っていました。後悔もしていました。私がどうしてあなたを傷つけてしまったのか。思い返してみると当時の私は自分の感情をコントロールできず、苦しい気持ちを全てあなたに向けることで、辛さから目を背けていたのだと思います。幼い頃から父の後を継いで政治家になりたくて努力していました。でも父が望んでいるのは清春だと知り、初めて挫折を知りました。それでもなんとか自分なりに新しい道を進んでいたときに、将来を約束した恋人に裏切られて、全てに絶望した。私は昔からいつも幸せそうに過ごしているあなたが羨ましくて妬んでいた。だからあなたが嫌がっているのを知りながら身代わりを頼んでいた。初めは本当に困っていて代役を頼んだけれど、いつの頃からか嫌がらせの手段になっていました。私はあなたにだって悩みがあるし、努力をしているという事実から目を背けていた。あなたは、自分以外の人のために心を砕き、家族がバラバラにならないように努力できる、優しさがある人だったのに。今、父の下で望んだ道に進めたのは春奈のおかげです。ありがとう。そして今までの私の過ちを心から謝罪します。本当にごめんなさい。こんなことを言うのは勝手だと分かっているけれど、いつか普通の姉妹になれる日が来ることを願っています】

私は立ち尽くしたまま、夢中で手紙を読み終えた。

「多佳子お姉さん……」

まさか姉がこんな手紙を書いてくれるなんて……。

目の奥が熱くなり、視界が揺らいだ。

読み終えたとき、心を占めるのは、抑えられない切なさだった。

初めての挫折と、恋人からの裏切り。完璧だと信じていた姉の人知れぬ悲しみを、今やっと理解できた気がしたのだ。

どんな人でも弱い心を持っている。間違ってしまうことだってある。

私と姉は、長い間ずっとすれ違っていた。

でも次に会うときは……もしかしたら仲良い姉妹になれるのだろうか。

涙が頬を伝ったそのとき、亘さんの慌てたような声がした。

「春奈!?」

「亘さん……」

私は手紙を手にしたまま彼の名を呼ぶ。

「どうしたんだ?」

私に駆け寄る亘さんの胸に顔を埋めた。

「多佳子お姉さんから手紙が来たの」

「手紙?」

私は、心の奥ではずっと姉からの返事を待っていた。

「やっと返事がきたの……よかった」

こんな説明では、亘さんも困ってしまうだろう。

でも彼は私が気が済むまで抱きしめてくれる。

全てを受け止めるかのように。

「よかったな、春奈」

優しい声が心に染み入る。

「うん……」

私にとって世界一安心できる亘さんの腕の中で、切ない喜びを噛み締めた。


五月の暖かな日差しが降り注ぐ広いリビングの扉がパタンと開いた。

「ママ、ピンクのリボンがないの！」

パタパタと可愛い足音を立てて、小さな女の子が駆けて来る。

菱川菜々子《ななこ》、四歳。亘さんと私の間に生まれた長女だ。

元々活発な子だけれど、先月幼稚園に通い出してから、一層好奇心が旺盛になり行動範囲が増えた。

目が離せなくて大変な、私たちの大切な愛娘。

「リボンは菜々子のお部屋にあるよ。ちゃんと探した？」

「うん。でもなかったよ」

「それじゃあ、ママと一緒にもう一度探そうか？」

「うん！　ママはやくー」

菜々子にせがまれて、リビングを出て階段を上る。

６ＬＤＫの広い一戸建ては、二年前に購入した。

亘さんと私が拘って建てた、家族の家だ。

菜々子が好きなピンクを多く使った子供部屋は、今はちょっと散らかり気味。

まだお片付けが苦手で、目を離すとすぐこれだ。

「ママ、みて。ないの」

菜々子がリボン入れに使っている箱を指さす。

私は箱を手に取り、中身を確認。

「どこに行ったのかな～あ、あったよ」

箱の奥に隠れていたリボンを取り出す。

「うわあ！　ママすごい」

菜々子が喜んでぴょんぴょん跳ねてる。

亘さんに似たおかげで将来は美人間違いなしだけれど、今はまだ可愛らしさが勝っている。

愛しさが込み上げてぎゅっと抱きしめると、菜々子がきゃーと嬉しそうな声を上げた。

「ママだいすき！」

「ママも菜々子が大好きよ」

そんな風に母娘で告白し合っていると、がちゃりと子供部屋のドアが開いた。

「あっ！　パパとふたごちゃん」

菜々子が大喜びで走っていく。

相変わらずお転婆だ。

「菜々子、また転ぶなよ」

亘さんが小さな娘を愛しそうに見つめながら言う。その腕には小さなふたりの赤ちゃんが。

去年生まれた双子で、お兄さんの直《なお》と妹の凜《りん》だ。

双子として生まれた私が、双子を産むなんて不思議だと思ったけれど、実はそれほど珍しいことではないみたい。

双子の育児は大変でこの一年は毎日必死だったけれど、亘さんと家族の助けで乗り越えられた。

「春奈、そろそろ出られるか？」

「ええ。菜々子も大丈夫」

私は菜々子の髪に手早くリボンで結んであげる。

「パパ、なな、かわいいでしょ?」

「ああ、可愛いよ」

亘さんは、可愛くて仕方ないとでも言うように頬を緩める。

「わあ、うれしい!」

「さ、菜々子、お出かけするからね」

「はーい」

私は菜々子を、亘さんは双子を連れて、迎えに来た車に乗り込む。


今月は、私たち家族にとって、様々な出来事があった。

菜々子が楽しみにしていた幼稚園入園。

亘さんが昇進し、取締役専務に就任したし、祖父が引退して清春が店主になった。

薫さんのサロンは海外進出を決めてますます盛り上がっている。

そして、姉が国政選挙に打って出る。

父の後を継ぐ形だけれど、政治家としては実績がない新人。

でも、元美人弁護士という肩書きと知名度が役立ち、早くも注目を集めているそうだ。

嬉しいこと続きの真貴田家と菱川家。

今日は二家の家族が集まり、清春のお店でささやかなお祝いをするのだ。

菜々子はまだよく分かっていないけれど、久しぶりの家族のお出かけに大喜びだ。

「ママ、きよはる君に会うのたのしみ！」

「ふふ、菜々子は清春が大好きね」

「うん、ななはきよはる君のおよめさんになるの！」

菜々子が張り切って宣言する。

「それは駄目だ」

亘さんが運転中だと言うのに、真顔で即答した。

確かに叔父と姪は結婚できないけど、子供相手にそんな真剣にならなくても。

でも誰が相手でも亘さんは結婚を認めないような……。

娘を溺愛しすぎているのも困ったものかもしれない。

「着いたぞ」

亘さんの声と共に、車が停まる。

「ついたー！」

菜々子はすぐにでも降りたそうにうずうずしている。

最近ジュニアシートのベルトを自分で外せるようになってしまったから、油断できない。

私は菜々子を気にしながら、直と凛を降ろす準備をする。

運転席を降りた亘さんが、菜々子側のドアを開けた。

その途端に止める間もなく菜々子が飛び出そうとする。亘さんにすぐ抱っこされてしまったけれど。

「菜々子、危ないから急に出てきたら駄目だって言ってるだろ？」

「ごめんなさい」

亘さんに窘められて、菜々子がはっとした顔をして謝る。

亘さんはなぜ急に飛び出したらいけないのか、子供にも分かりやすい言葉で伝える。

菜々子は真剣に耳を傾け「はい」と元気よく返事をした。

お転婆でハラハラさせられることが多いけれど、素直ないい子だ。

「よし。それじゃあお店に入ろうか。菜々子はママと手を繋いで」

「うん」

亘さんが双子用のベビーカーを用意して直と凛を乗せる。

初めは赤ちゃんふたりの移動を大変だと思っていたけれど、もうすっかり手慣れたものだ。

亘さんがベビーカーを押して、私と菜々子がその後に続く。

「なな、パパのとなりにすわっていい？」

「ああ、いいぞ」

亘さんが振り返り、優しく微笑んだ。

「わあ、パパだいすき！」

「パパも菜々子が大好きだ」

亘さんは嬉しそうにそう言ってから、私にも愛情溢れる視線を向ける。

私は今日も幸せな気持ちになるのだった。

END

番外編　「夫婦の時間」

「……春奈ちゃん……春奈ちゃん」

何度も名前を呼ばれた気がして、不意に意識が覚醒した。

ぱちりと目を開けると、ライトグレーの天井と豪華なシャンデリア。

視線をゆっくり巡らすと、とびきりの美女が視界に入った。

「……薫さん？」

ぼんやりしていた思考が、はっきりしてくる。

そうだ。私は二時間前に薫さんのサロンを訪れ、ヘッドマッサージからフェイシャルマッサージをしてもらっていたところだったのだ。

あまりの気持ちよさにウトウトしているうちに、本格的に眠ってしまっていたみたい。

熟睡して目覚めないのを見かねた薫さんが、起こしてくれたところだろうか。

「すみません、ご迷惑をかけてしまって」

私は恥ずかしさを感じながら、横たわっていた椅子から体を起こす。

「いいのよ。子育てで疲れてるんだから。リラックスできたのなら、よかったわ」

薫さんは優しく微笑み、ハーブティーを淹れてくれた。

「本当はもう少し寝かせてあげたかったんだけど、今夜亘と出かけるって言ってたでしょう？　時間が大丈夫か心配になって」

「ありがとうございます、起こしてもらって助かりました。夕方から亘さんの仕事関係の方の披露宴に参列することになっているので」

だから疲れ気味の肌をリフレッシュしたくて、薫さんの施術を受けにきたのだ。

「そうなのね。菜々子ちゃんは実家に預けているの？」

「はい。母が面倒を見てくれています。今日は遅くなるので明日迎えに行く予定にしているんですけど……」

先月一歳の誕生日を迎えた菜々子を預けるのは、今日で三度目だ。

一度目と二度目は私が感染症に罹ったときに、菜々子だけ実家に隔離したことがある。その間、私は亘さんに看病してもらった。

「幸い菜々子は母に懐いているんですけどそれでも少し心配で、やっぱり迎えに行こうかなって迷ってます」

菜々子が生まれてから、ほとんどの時間を一緒に過ごしていたから。

どこに行くにも、何をするにも一緒で、いつの間にかそれが当たり前になっていた。

「でも春奈ちゃん、かなり疲れているみたいだし、たまにはゆっくりした方がいいんじゃないかしら。せっかくお母様がお世話をしてくれているのだし」

「確かに慢性寝不足ですけど……」

菜々子は手がかかる子供ではないが、それでも夜中の授乳や夜泣きはある。

この一年、纏まった睡眠を取ったことはなくて、疲労が蓄積されているのを実感していた。

「ええ。それに夫婦で出かけるのも久しぶりでしょう？　楽しんで来るといいわ」

「はい。亘さんとふたりだけで出かけるのは久しぶりです」

出産してからの日々は目まぐるしく、なかなか夫婦の時間が作れなかったから。

――そういえば、もうずっとデートなんてしてないな。

今は子育ての時期と分かっているから不満という訳ではないけれど、亘さんとの関係が恋人同士というより、子育ての同士といった雰囲気になっているのは否めない。

彼がよい父親なのはもちろん嬉しいものの、たまにはふたりきりの時間も欲しいかも。

薫さんが言うように、披露宴の後、少しだけどこかに行こうかな。

夜の街を散歩するのもいいし、夜景を眺めに行くのもいい。

思い立ったら、むくむくと楽しい気分が盛り上がってきた。

おしゃべりが弾んで長居してしまい、薫さんのサロンを出たのは午後二時を過ぎていた。

披露宴は三時半からだから、急がないと。

亘さんとはホテルのロビーで二時半に落ち合うことになっている。

五分前に着いたけれど、彼は先に着いていて、ホテルのエントランスが見える位置に立っていた。

——亘さん、早い！

結構待たせちゃったのかな？

足早に向かうと、亘さんがすぐに私に気付き、彼の方から近付いて来てくれた。

「亘さん、遅くなってごめんね」

「いや、俺が早すぎただけだ」

亘さんは優しく微笑むと、私の背中に大きな手を添えて歩き出す。

受付の前に着替えをしなくてはいけないから、あまりのんびりしている暇はない。

「更衣室はどこなのかな?」

「二階にあるそうだが、部屋を取ってあるから、俺たちはそこで着替えよう」

「そうなの?」

「ああ。披露宴の後帰宅するより泊まった方が、楽だろう?」

「うん、そうだね」

亘さんはチェックインがあるから、早く来ていたんだ。

彼に誘導されてエレベーターに乗り込んだ。

かなりの速度で上昇しているのに、少しも揺れを感じない。あっという間に三十階に停止した。

清潔で高級感が溢れる廊下を進み辿り着いた部屋は、スイートルームだった。

部屋はかなり広くて、壁一面の磨き抜かれた窓から青い空が見渡せる。

リビングだけで十分すぎる広さだが、ベッドルームがふたつあるらしい。

「すごく豪華な部屋だね」

感心していると亘さんが私の肩を抱き寄せた。

「ここならゆっくり休めそうだろ?」

「うん。居心地がよさそう。ねえお風呂も見ていい?」

「ああ、もちろん」

久しぶりにゆっくり湯舟に浸かりたいな。

期待しながらバスルームに向かう。

広々したシャワールームの他に、外の景色を見渡せるジェットバスまであった。

「すごい！　長風呂しちゃいそうだよ」

とても気持ちいいだろうと、うきうきしながらあちこちチェックしていると、亘さんも上機嫌な笑顔で言う。

「一緒に入ろうか？」

「えっ？」

「ふたりで入っても十分に余裕がある」

まだ日中なのに色っぽく囁かれて、私は頬を染めてしまった。

夫婦なんだから一緒にお風呂に入るは自然なことなのかもしれないけれど、私は未だに慣れなくて、誘われても断り続けている。

でも、不思議なことにホテルのジェットバスなら、大丈夫かなって気がしてくる。

日常と離れているからなのかな。

とはいえ、簡単に「分かった」なんて言えないけれど。

「春奈と話してたいけど、そろそろ支度しないとな」

あれこれ考えていたところ、亘さんの声ではっとした。

「そうだね、急いで着替えないと間に合わない！」

私たちはバスルームを出ると、それぞれ別のベッドルームで身支度をして、披露宴会場に向かったのだった。


盛大な披露宴が終わったのは午後六時だった。

部屋で休むにはまだ早いと、私たちはホテルの専用ラウンジに向かった。

窓の外が見えるような配置のカウンターに並んで座り、お酒を楽しむ。

私は菜々子の妊娠が発覚してからお酒を控えていたので、約二年ぶりの飲酒になる。

甘めのカクテルが喉を通っていくと、目眩のときのように、くらりと視界が揺れた。

早くも酔いが回ってきたのかな。

特別お酒が弱い方じゃなかったんだけど、出産して体質が変わってしまったのだろうか。

ただ酔いが回ったと言っても、気分はいい。

ふわふわして、楽しく感じる。そんな気分のまま私は口を開いた。

「素敵な披露宴だったね」

「ああ、そうだな」

亘さんも同意した。

幸せな姿を見て影響されたのか、亘さんに甘えたい気分になっている。

じっと見つめていると、視線に気付いたのか亘さんがくすりと笑った。

「そんなに見つめて、どうしたんだ？」

「たまにはこうしてふたりで、のんびりするのもいいなと思って」

「そうだな。最近は菜々子が一緒だから、あまりふたりで過ごす時間がなかったな」

亘さんはいつも菜々子の名前を口にするとき、とても優しそうに目を細める。

娘への愛しさが溢れるその表情が、私はすごく好き。

「菜々子が生まれて、家族が三人になって、俺はハラハラすることも増えたけど、本当に幸せだと思ってるんだ。春奈と菜々子の存在が心の支えになっている」

「亘さん……そんな風に思ってくれて嬉しい。私もいつも幸せだって思ってる。いつも私たちを守ってくれてありがとうね」

こうやって言葉にするのは照れる気持ちもあるけれど、伝えるのはとても大切なことなんだって感じる。

亘さんも嬉しそう。

「実は今日、菜々子を置いてきていいのかなって罪悪感みたいなものがあったんだけど、こうして亘さんとゆっくり話せてよかった。これからもときどきは夫婦の時間を持ちたいね」

「ああ、もちろん。俺も春奈と過ごす時間が必要だ」

「菜々子が大きくなって、兄弟ができて、私たちが年を取っても、亘さんとずっとこんな風に仲良くしてたいな」

私の言葉に亘さんが少し驚いたように眉を上げ、それから手にしていたグラスをカウンターに置いた。

「今夜は積極的なんだな……嬉しいよ」

「ちょっと、酔ってるからかな。でもいつも思ってることなんだよ」

亘さんが、愛しそうに私を見つめる。

「……そろそろ部屋に戻ろうか」

彼は席を立ち、私をエスコートするように手を伸ばした。

灯りを落としたバスルームからは、東京の華やかな夜景が一望できる。

ジェットバスの灯りが仄《ほの》かな光を発していて、とても幻想的な雰囲気だ。

だけど私に景色を眺める余裕はあまりない。

亘さんに背後から包まれるように、抱きしめられているからだ。

彼の固い胸と逞しい腕が素肌に触れて、ドキドキが止まらない。

ちらりと後ろを振り返ると、亘さんと視線が重なった。

水に濡れた前髪をかきあげている彼は、ぞくっとするくらい色っぽくて、目のやり場に困ってしまう。

動揺して身じろぎすると、亘さんの腕にぎゅっと力がこもった。

「春奈、今日は離してやらないからな」

亘さんが、少しいたずらっぽい声で囁く。

彼の唇が私の耳に一瞬触れ、びくりと体が震えてしまった。

すると亘さんが私の体をくるりと自分の方に向けたものだから、すごく近い距離で見つめ合う体勢になってしまった。

「亘さん……」

心臓がうるさいくらい激しく脈打っている。

だけど魅入られてしまったように、彼から視線を逸らせない。

どちらともなく唇を重ねていた。

「ん……」

東京の夜景を見下ろす静かなバスルームに、私と亘さんの息遣いが響いている。

刺激的なシチュエーションに、酔ってしまいそうだ。

「春奈……ベッドに行こうか？」

亘さんの色っぽい誘いに、私はうっとりした気分で頷いた。

その夜は久しぶりに亘さんと心行くまで抱き合ってから眠りについたので、翌朝少し寝坊してしまった。

大急ぎで身支度をしてホテルを出るという慌ただしさだったけれど、私も亘さんも満足していた。

やっぱり夫婦の時間って大切だ。

亘さんもそう思ってくれているようで、私を見つめる目がいつも以上に甘くて優しかった。

お昼前に真貴田家に到着すると、母が菜々子を抱っこして庭を散歩しているところだった。

「お義母さん、菜々子を預かってくださり、ありがとうございました」

亘さんは菜々子を見つけるとぱっと顔を輝かせ、母に声をかけに行く。

「あら、ふたりとも随分早かったのね。もう少しゆっくりしてくればよかったのに」

母がのんびりした口調で言う。

「十分ゆっくりして来たよ。預かってもらえて助かった」

私はそう返事をしながら、母に抱っこされている菜々子の顔を覗き込む。

きょとんとした丸い目が、私をじっと見つめていると思ったら、にこっと満面の笑顔になった。

——か、可愛い！

親ばかかもしれないけれど、心からそう思う。

「ななちゃん、ママが来たって分かったのねえ」

「まーまー」

母の声に、菜々子が機嫌よく声を出す。

「まあ、上手ねえ。パパは言えるのかな？」

母に褒められて嬉しいのか、菜々子はキャッキャッとは可愛い声で笑っている。

「機嫌がいいな」

亘さんがくすりと笑うと、菜々子が一瞬黙り、それから亘さんを見ながら声を出した。

「ぱーぱー、ぱーぱー」

「えっ？　今パパって言わなかったか？」

亘さんが目を丸くする。私は笑顔で頷いた。

「うん、言ってた。亘さんよかったね！」

「そうか……そうか……菜々子、すごいぞ！」

亘さんは、大喜び。

菜々子は最近少しずつ単語を覚えていたのだけれど、なぜかパパとは言ってくれなくて、亘さんは密かに凹《へこ》んでいたのだ。

「パ、パー」

「菜々子、もう一回だ！」

「パーパー」

母から菜々子を受け取った亘さんが、菜々子と楽しそうにはしゃいでいる。

ほのぼのした平和で愛しい光景に、私と母は目を合わせて微笑み合ったのだ。

番外編「家族の夢」

「多佳子さん、この度は初当選おめでとうございます」

「ありがとうございます。皆さんにお力添えをいただき、国会議員として就任することができるようになりました。精一杯職務を全うしますので、引き続きご支援をいただきたく……」

少し離れたところで、姉が祝福の言葉を受けている。

姉が法律事務所を辞めて父の私設秘書になり、約五年。

国政選挙に打って出て多くの人たちの支持を受け当選することができたのだ。

今日は姉の当選祝い。

一年生議員としての多忙な日々が始まる前に憩いのひとときを持とうと、父の声かけで親しい人が集まった。

場所は私と亘さんがお見合いをした思い出のレストランを貸し切った。

真貴田家からは、父と母と清春だけでなく、親族も参加している。

菱川家からは亘さんと私と菜々子。双子の直と凜はまだ二歳にもなっていないので、菱川のお義母様に面倒を見てもらっている。

本当は菜々子も置いてこようと思っていたのだけれど、どうしても来たいと言うので、身内の集まりだということもあり連れてきた。

菜々子はお転婆だから少し心配だったものの、大好きな清春に面倒を見てもらってご機嫌だ。

「菜々子、プリンも食べるか？」

「たべたい！　でもきよはる君のは？」

「俺のは菜々子にあげる。沢山食べろよ」

清春も菜々子を溺愛していて「姪って本当に可愛いよな」としょっちゅう言っている。

菜々子のことは清春に任せておけば大丈夫そうだ。

ところで亘さんはどこに行ったのだろう。

祝賀会の会場となっているホールを見回すと、父と真貴田の親族に捕まっていた。

あの様子ではしばらく戻って来られないだろうな。

私はひとり悠々と美味しいフレンチを味わいながら、姉の様子を窺った。

姉から手紙を貰ってから半年後。私たちはふたりで会って、和解した。

と言っても、元々溝がある姉妹だ。お互いの気持ちを思い遣るように努めているからと言って、すぐに打ち解けるのは難しい。

決していがみ合っている訳ではないけれど、ちょっと距離がある。

それが今の私と姉の関係だ。

今日の姉は紺のパンツスーツ姿。シンプルで飾り気がないスタイルだけれど、地味には見えない。

報道番組に出演していた頃のような華やかさはないものの、かっこよくて政治家らしいんじゃないかと思う。

堂々とした振る舞いは既に貫禄を感じるくらいだ。

さすがだなと感心しながら眺めていると、不意に姉がこちらを向いたため、目が合った。私は少し動揺しながらも、笑顔を作る。

すると姉がこちらにやって来た。

「春奈。来てくれたのね」

「あ、うん。多佳子お姉さんのお祝いなんだから当然だよ……当選おめでとうございます」

「ええ、ありがとう」

多佳子お姉さんは、優雅な動きで私の隣の席の椅子を引き、腰を下ろす。

こちらの様子を窺っている人が何人かいたけれど、気を遣ってくれているのか会話に入って来る様子はない。

「……あの、多佳子お姉さんはすごい人気だったんだってね。開票時間になってすぐに当選が確定したって聞いたよ」

大臣を経験したような有名議員なら分かるが、新人で圧勝するのは快挙だって、父が自慢気に語っていた。

けれど姉は、深刻そうに眉をひそめる。

「お父さんに聞いたのね。確かに多くの人に支持してもらったけど、私の実力じゃないから、へらへら喜んでる場合じゃないわ」

「え……そうなの？」

「そうよ。私が当選したのは、父の影響力と弁護士時代の知名度よ。政治家としては何一つ成し遂げていないから、もし失敗したらあっという間にそっぽを向かれるわ」

昔から私に厳しかった姉だけれど、今は自分自身に厳しいようだ。

「そんなに肩に力を入れなくても大丈夫だよ。多佳子お姉さんは昔から勉強もスポーツもなんでも完璧にこなしていたし、議員のお仕事もすぐに覚えられるよ」

「春奈……そうやって過信しすぎるのは止めた方がいいわ」

「根拠がない訳じゃないよ」

国内最高偏差値の大学にストレート合格し、難しいと言われている司法試験だって一度で合格。政治家秘書に転身しても、立派にこなしていた。

つまり姉は、目標に向かって努力ができる人なのだ。

亘さんと同類だと思う。

その旨を伝えると、姉は戸惑っているようだった。

「それに今日は多佳子お姉さんのお祝いに、沢山の人が来てくれているから、心配事は今だけでも忘れて楽しんだ方が、みんなも喜ぶよ」

姉が何かに気付いたようなはっとした顔になった。

「……そうね。春奈の言う通りだわ。あなたのそういうところは見習わないとね」

気持ちを切り替えたのか、姉が綺麗な笑みを浮かべる。

たちまち辺りが華やいだ気がした。

本当の美人の笑顔は威力がある。

「ママ！」

感心していると、子供特有の高い声が聞こえてきた。

振り返ると菜々子が小さい足を動かして、こちらに走って来るところだった。

その後を清春が追ってくる。

「菜々子、急に走ったら危ないぞ」

清春が注意をしているが、菜々子はスルーしている。他に気になることがあるようだ。

「ママ、あれなに？」

菜々子が指さしているのは窓の向こう。

色鮮やかに咲く秋薔薇だ。

とても綺麗だから、菜々子も興味を持ったのだろう。

「あれは……」

私が説明をしようとしたそのとき、姉がさっと屈みこんだ。

「菜々子、質問をする前に、お母さんと叔父さんの言うことを聞きなさい」

叱責とも思える厳しい声だった。

菜々子は驚いているのかポカンと口を開けている。

姉は菜々子と視線の高さを合わせ、真剣な目で見つめていて、ふたりの間には緊張感が漂っている。

「た、多佳子お姉さん、菜々子がごめんなさい。私からよく言って聞かせて……」

「マナー違反をしたら、その場でしっかり言い聞かせないと理解できないわよ」

割り込んだ私は、姉にぴしゃりと反論されて、何も言えなくなってしまった。

姉の主張は間違っていないから。

私がもっとしっかり言い聞かせるべきだったんだ。

「清春も姪を可愛がるのはいいけど、甘やかすだけじゃ駄目でしょう」

「……悪い」

清春も私と同じ気持ちなのか、珍しく引き下がる。

「菜々子。気になるものがあっても、レストランの中で走ったら駄目なのよ。他の人にぶつかったり、物にぶつかって壊してしまったり、菜々子が怪我してしまうかもしれないの」

幼児にも理解できるようにゆっくりした口調で言い聞かせる姿は、まるで先生のようだった。

ただ姉はおそらく自分が思っているよりも迫力がある。小さな菜々子が怖がっていないか心配だ。

ハラハラしながら菜々子の様子を窺う。

じっと姉を見つめていた菜々子は、こくんと音がしそうなほど大きく頷いた。

「わかった！」

泣いている様子はない、元気な声だ。

「なな、たかこちゃんのいうこときくね」

――たかこちゃんって。

恐れ知らずな娘に、私は内心慄いていた。

ちらりと清春を見ると、彼も微妙な表情で菜々子を見ながらぼそっと呟いた。

「まあ、おばさんって言うよりはいいのか？」

どうなんだろうか。分からないけれど、姉が気分を害した様子はないのでよかった。

それに菜々子も、姉の厳しい眼差しにもめげずに平然としている。

我が子ながらメンタルが強い。亘さんに似たのかな。

「たかこちゃん、ぷりんたべにいこう」

菜々子が姉を誘って、料理が並んでいるテーブルに促した。

「ええ。春奈、菜々子は私が見てるわ」

「……はい」

ふたりは手を繋いで行ってしまう。

「菜々子ってすごいよな」

清春がしみじみ言った。

「うん、本当に」

「多佳子姉さん、嬉しそうだな。まさか子供好きだったとはなあ……」

私は清春に心から共感して、プリンを食べているふたりを眺めたのだった。


「パパ、こっちのお花みて！」

私と亘さんは、デザートを食べ終えた菜々子を庭に連れ出した。

菜々子が興味を持っていたし、私も久しぶりに散策したくなったのだ。

最後にここに来たのは、双子の出産前だったから。

マチルダにボレロ。深みのある美しい色彩が溢れる庭園を歩いていると、亘さんとの思い出が蘇る。

あのときの私は、亘さんと結婚して子供を産むなんて想像もできなかったな。

菜々子の手を引き先に進んでいた亘さんが、私を振り返った。

「懐かしいな」

「うん」

私は亘さんと菜々子に追いつき、隣に並んだ。真ん中が菜々子だ。

彼女は当たり前のように私の手を握ってくる。

「おはなきれいだね。おうちにあったらいいのに」

菜々子がキョロキョロしながら言う。

「そうだね。家の庭に沢山のお花を育てたら楽しそうだね。直と凛がもう少し大きくなったら、ガーデニングをしてみようかな」

双子を妊娠したのを機に建てた自宅は、庭づくりができるように十分なスペースを取っている。

お見合いをしたときに、私がガーデニングに興味があると言ったのを亘さんが覚えていてくれて、落ち着いたらチャレンジしてみたらどうかと、設計のときに考慮してくれたのだ。

菜々子にも手伝ってもらって。親子で趣味を持つなんて素敵だと思う。

「うん、なな、やりたい！」

「それなら、俺も仲間に入れてくれ」

亘さんの言葉に、菜々子がますます張り切り出す。

「いいよ！　パパはなんのお花にするの？」

「そうだなあ……」

「ママとななはバラでしょ？　パパは？」

くりくりした大きな目で問われ、亘さんは一生懸命考える素振りをする。

菜々子がわくわくした様子で返事を待っている。

「そうだな。パパは野菜を作ろうかな」

「えっ？　やさい？」

菜々子が驚いた顔をしたと思ったら、笑い出した。

「だめだよー！　やさいはおはなじゃないもん」

「やさいも花が咲くんだぞ」

「ほんとう？」

ふたりのやり取りを見ていたら、明るい気持ちになった。

本当に実現するといいな。

私と菜々子が薔薇を育てて、少し大きくなった直と凛が手伝って。

亘さんが隅で野菜を作るの。

幸せな未来の光景を思い浮かべながら、私たちは笑い合った。

END

あとがき

この度は『身代わりで結婚したのに、御曹司にとろける愛を注がれています』をお手に取っていただき、ありがとうございました。

マーマレード文庫さまでは五冊目になる本作、楽しんでいただけましたでしょうか？

タイトルにある通り、ヒロインが優秀な姉の代わりにお見合いをするところから始まるお話ですが、姉妹格差のお話というよりも、家族の問題がテーマになっています。

ヒーローはヒロインと子供を溺愛する、愛情深いタイプです。

書いていて楽しかったのは、双子の清春と、娘の菜々子でした。

最後に、この本を出版するために尽力くださった全ての皆様に感謝を申し上げます。

綺麗で幸せな温かさを感じるカバーイラストを描いてくださった冬夜《とうや》様。ありがとうございました。

そして読者様に最大の感謝を。ありがとうございました。

マーマレード文庫

身代わりで結婚したのに、御曹司にとろける愛を注がれています

2024年5月15日　第1刷発行　定価はカバーに表示してあります

著者　吉澤紗矢　©SAYA YOSHIZAWA 2024
編集　株式会社エースクリエイター
発行人　鈴木幸辰
発行所　株式会社ハーパーコリンズ・ジャパン
東京都千代田区大手町1-5-1
電話　04-2951-2000（注文）
0570-008091（読者サービス係）
印刷・製本　中央精版印刷株式会社

Printed in Japan ©K.K. HarperCollins Japan 2024
ISBN-978-4-596-82346-5